신령님이 보고 계셔

신령님이
보고
계셔

홍칼리 무당 일기

위즈덤하우스

케이크를 나눠 먹고 싶어서

"네, 홍칼리입니다."

진갈색 천장에 검은색 소파가 있는 카페에 앉아 아메리카노 한 잔을 주문했다. 출근 시간을 넘긴 카페는 한산하다. 카페에서는 재즈 음악이 잔잔하게 흘러나온다. 푹신한 소파에 앉아 일할 준비를 한다. 아이패드 배터리는 충분히 남았고, 이어폰은 배터리를 걱정하지 않아도 되는 유선 이어폰으로 챙겨 왔다. 커피는 미리 준비해 간 텀블러에 담겨 나왔다. 아메리카노 향을 맡으면서 아이패드를 열고 이어폰을 끼면 손님에게서 카톡이 온다. 오늘은 30분 전화

상담이 있는 날이다.

이어폰 너머로 손님의 목소리가 들린다. 오늘의 손님은 이사가 고민이라고 했다. 정해둔 조건에 맞는 집을 어렵게 찾았는데, 마음이 끌리는 집은 또 다른 곳이라는 것이다. 조금 더 무리해서 끌리는 곳으로 가도 될지 궁금해했다. 이사가 많은 봄철에는 이런 전화가 자주 걸려 온다. 나는 두 곳의 번지수와 방위, 손님의 사주를 물었다. 그러고는 점사를 본다. 코로나19가 있기 전에도 이렇게 전화로 상담을 하곤 했다.

무당은 진작부터 재택근무가 가능한 직업이었다.

'무당' 하면 떠오르는 이미지가 있다. 형형색색의 화려한 신당, 색색의 한복을 입고 다니는 모습. 사람을 쏘아붙이는 눈빛, 호통치는 말투, 나는 너를 다 안다는 듯 짓는 표정.

나는 신당 대신 카페에서 아메리카노를 마시며 점사를 보고 색색의 한복 대신 편안한 무색 면바지를 입고 다닌다. 내 눈은 동그래서 사람들을 쏘아보기는커녕 소위 '기가 센' 사람처럼 보이지도 않는다. 호통보다 존댓말이 익숙한 나는 말투가 너무 친절해서 서비스 직종에서 일하는 사람 같다는 말을 듣곤 한다.

나는 너를 다 안다는 '포스'를 기대하고 온 손님 앞에서 당신을 모르고 당신이 궁금하니 이야기를 들려달라는 눈빛을 한 나를 보면 손님은 무슨 생각을 할까, 고민한 적이 있다. 거울을 보면 어떻게 해도 '무당처럼'은 보이지 않는 내가 서 있는데, 이런 나를 고쳐야 하나 생각도 했다. 하지만 그건 내가 아니고 그래야만 '무당다운' 게 아니라는 걸 알고 있다.

무당다움이 뭘까? 무당의 이미지는 대체 누가 만들어낸 것일까? 텔레비전에는 무당과 빙의, 신병, 퇴마와 관련된 오컬트 드라마나 영화가 쏟아진다. 사람들은 그 이미지에 열광하고 호기심을 가진다. 그래서인지 현실에서 무당을 만나도 '마법적인 존재'를 보는 듯 대한다. 아니면 '미신을 좇는 사람'이라 생각하고 천대한다. 숭배하거나 천대하거나. 모든 대상화된 존재가 마주하는 이중적인 얼굴이다.

"무당이 되었어요."

무당이 된 후, 그전부터 알던 사람들에게 이렇게 말하면 비슷한 대답이 돌아온다. "헉, 얼마나 힘들었으면⋯⋯" "힘든 길을 가는구나⋯⋯" "많은 일이 있었나 봐⋯⋯"라며 안쓰러운 표정을 보이기도 한다. 여전히 나는 그런 표정이 낯설다. 많은 무당이 비극적인 일들을 치르며 무당의 길을 가기도 하지만, 무당이 된 것 자체가 비극적인 일로 보이는 건 이상하다.

무당이 되기 전, 한 비구니 스님을 만났었다. 스님은 늘 미소를 짓고 계셨는데, 나는 그런 스님 옆에서 명상을 할 때마다 함께 고요해지는 느낌이 좋았다. 어느 날 스님에게 물었다. "스님은 왜 스님이 되셨어요?" 스님이 미소를 지으며 대답했다. "저는 평범한 직장인이었어요. 제가 종교인이 될 거라고는 생각도 못 했고요. 어느 날 우연히 절에 머물게 되었어요. 절에서 명상하고 청소하고 밥해 먹는 일상이 너무 행복한 거예요. 일상으로 돌아와서도 그 순간이 잊히지 않았어요. 마치 처음 달콤한 케이크를 맛본 사람처럼요. 그 달콤한 케이크를 계속 먹고 싶은 거예요. 그래서 스님이 되었어요."

나는 스님의 이야기를 듣고 생각에 잠겼다. 나도 그런 케이크를 발견할 수 있을까?

무당이 되고 나서야 스님이 했던 그 말이 이해되었다. 무당이 된 나를 걱정하는 상상과 다르게, 나는 행복해서 무당을 하고 있다. 무당이 된 후 가장 좋은 점은 누군가를 위해 간절히 기도할 수 있다는 점이다. 모든 존재를 끌어안을 수 있고 정화할 수 있는 이 직업이 좋다. 낮에는 따뜻하게 사람들을 감싸고 밤에는 고요하게 기도할 수 있는 일상이 행복하다.

이 달콤한 케이크를 계속 먹고 싶어서 무당이 된 것 같다. 이 케이크를 사람들과 나누어 먹고 싶다.

차 례

무당이 되었다!

그래도 나는 여전히 나인걸

당신의 이야기를 들려주세요

1

무당이 되었다 !

요즘 무당이 일하는 법

나에게 찾아오는 손님들 대부분은 비대면으로 점사를 본다. 많은 손님들은 나에게 질문한다. "직접 얼굴을 마주하지 않아도 점사를 볼 수 있을까요?" 나는 대답한다. "그럼요! 최근 얼굴이 나온 사진과 생년월일시만 있으면 돼요. 태어난 시간은 모르셔도 괜찮고요."

나는 동시성으로 점을 본다. 동시성이란 어떤 사건들이 비슷한 의미를 가지고 동시에 일어나는 것을 뜻한다. 나의 컨디션에 따라 찾아오는 손님들의 컨디션이 달라지고, 매일매일의 날씨에 따라 찾아오는 손님들의 얼굴도 달라진다. 내 몸의 상태나 내가 처한 상황에 따라 오시는 손님들의 기운도 달라진다. 내가 엄마랑 다툰 날에는 엄마와의 관계가 고민인 손님이 찾아오고, 이유 없이 옛사랑이 생각나는 날에는 옛사랑과의 재회를 고민하는 손님이 찾아오는 식이다.

아침부터 월경통 때문인지 허리가 아픈 날이었다. 평소에 월경통이 심하지도 않은데 허리가 아픈 나는 '오늘은 어떤 손님이 찾아오길래 이렇게 아픈 거지' 생각했다. 손님이 찾아왔다. 메시지로 상담을 하던 중 손님이 말했다. "며칠 전부터 허리가 너무 아파서 회사 일을 쉬고 있어요." 손님에게 말했다. "허리가 괜히 아픈 게 아닐 거예요. 자궁이나 생식기 쪽 건강검진을 꼭 받아보세요." 손님은 다음 날 검진을 받으러 갔고, 자궁 쪽에 혹이 생긴 걸 알았다면서 미리 알게 해줘서 감사하다고 연락이 왔다.

손님에게 연락이 오자 내 허리 통증도 사라졌다. 몸은 떨어져 있어도 이렇게 의미를 공유할 수 있는 순간을 나는 동시성이 통하는 순간이라고 부른다. 꼭 얼굴을 마주 보지 않아도, 인터넷으로 소통해도 그 사람의 영혼과 만날 수 있는 이유다.

나는 금요일마다 유튜브 '홍칼리' 채널에 띠별 주간 운세를 올린다. 만세력과 마야 달력을 참고하지만, 매주 내가 느끼게 되는 일상의 조각들을 연결해 띠별 운세를 이야기한다. 신점으로 운세를 보는 것이다. 인터넷, 유튜브라는 알고리즘을 통해 나와 닿게 된 사람들은 운세를 보고 정말 잘 맞는다며 댓글을 남긴다.

점을 보는 행위는 점을 봐주는 상담사만 하는 일이 아니다. 손님들이 나를 발견하게 되는 행위 자체가 이미 점을 보는 것이나 마찬가지다. 할 수 있는 수많은 일들 중에, 핸드폰을 켜서 유튜브로 들어오고, 유튜브의 수많은 채널 중에 내 채널로 들어와서 하필 주간 운세를 이 시점에 보게 된 행위 자체가 점을 보는 것과 같다. 마치 여러 장의 타로 카드 중에 한 장을 뽑게 되는 것처럼 말이다. 우연은 없다. 나는 이런 우연의 조각이 무의미한 것이 아니라고 알고 있기 때문에, 오늘도 내가 느끼는 진실을 운세로 풀어서 유튜브에 공유한다. 그러면 동시성이 통하는 사람들이 내 유튜브 채널로 찾아와 운세를 보게 된다.

매일매일이 기적의 연속이고 신기한 일들의 반복이라는 걸 느낀다. 건조하게 보면 한없이 무의미해 보이는 일상의 조각들이 사실은 동시성으로 긴밀하게 연결된 에너지체다. 무낭은 이런 동시성을 예민하게 감각하고 알아채는 걸 훈련한 사람이라고 느낀다.

신령님은 우리와 같은 사람의 모습으로 옆에 와 앉아서

이야기해주는 존재라기보다는, 동시성으로 매 순간 함께 존재하는 에너지의 작용에 가깝다. 나는 그것을 예민하게 알아차리고 전달하는 사람이다. 물컵이 쏟아지거나, 식물에서 새싹이 튀어나오거나, 반려견 커리가 오늘따라 꼬리를 흔들며 나를 따라오는 일상의 조각이 내게는 모두 메시지가 된다. 작은 일들도 사소하게 여기고 지나가지 않는 것은 이 일을 하면서 얻게 된 큰 기쁨이다.

'가는 인연 잡지 않고 오는 인연 막지 않는다'는 말처럼, 일도 그렇게 한다. 오는 손님 막지 않고, 가는 손님을 잡지 않는다. 어차피 때가 되면 만나게 되어 있고, 인연이 다하면 떠나가기 마련이니까. 인터뷰 제안이나 방송 출연 제안을 받을 때도 그렇다. 얼마 전, 「실연박물관」이라는 텔레비전 프로그램에서 출연 제안이 들어와 나는 그곳에 출연했다. 방송에 얼굴을 비추는 것 자체가 부담스럽긴 했지만, 이렇게 먼저 제안해온 이상 거절할 필요는 없기 때문이다. (이것도 운명이려니.)

방송이 나가고 유튜브에 동영상을 올리자 많은 댓글이 달

렸다. "홍보하러 나온 거네." "요새는 무당들도 홍보 잘해야지." "방송 나가는 무당은 거르라던데. 가짜 무당이다." 이런저런 댓글 사이에서 홍보하러 나온 것 아니냐며 나의 존재 자체를 의심하는 글을 보고 생각에 잠겼다.

나는 숨을 생각도, 나설 생각도 없다. 나에게 찾아온 인연과 제안을 받아들이는 것뿐이다. 무당인 내가 그런 과정에서 드러나면 환대를 받거나 의심을 받는다. 그래도 방송 덕분에 좋은 인연들과 연결되기도 했다. 앞으로도 나는 방송이든 팟캐스트든 나가서 내 몫의 이야기를 할 예정이다. 그런 내가 불편하다면 어쩔 수 없고.

우연의 얼굴로 찾아오는 운명적인 만남들이 오늘도 계속된다. 괜히 오늘, 이 시간에, 이 손님이 예약을 하게 되고 우리가 상담으로 만나게 되는 게 아니다. 이런 일상을 공유할 수 있는 웹툰 「무당 일기」도 매주 월, 목요일에 인스타그램에 공유하고 있다. 일상의 기쁨, 단순한 기쁨을 나눌 수 있는 인터넷 덕분에 오늘도 나는 손님을 대면하지 않고도 깊이 교감하고 소통한다. 이런 기쁨을 앞으로도 쭈욱,

유튜브 주간 운세와 웹툰 그리고 지금 쓰게 된 이 글을 통해서 계속 나누고 싶다.

오늘의 날씨

"오늘도 이렇게 좋은 날씨를 주셔서 감사합니다. 아멘."

모태 신앙인 나는 어렸을 때부터 이 말로 기도를 마무리
하곤 했다. 매일매일 달라지는 하늘의 날씨를 낯설게 보
고 감사해하면서 행복을 느꼈다. 비가 오는 날, 천둥이 치
는 날, 뭉게구름이 많은 날, 해가 쨍쨍한 날, 안개가 가득 낀
날……. 모두 고유한 매일의 기운을 품고 메시지를 보내는
것 같았다.

아침에 일어나면 일기예보 대신 명리학 만세력과 마야 달
력으로 오늘의 날씨를 본다. 오늘은 불 기운이 많은 날, 오
늘은 금 기운이 많은 날, 오늘은 나무 기운이 많은 날, 오늘
은 마야 달력에서 채널이 열리는 날이라서 동시성이 강해
지는 날……. 매일매일 기운이 달라진다. 하늘의 날씨에도
비가 오는 날, 흐린 날, 맑게 갠 날이 있는 것처럼, 우리의
몸과 마음에도 그런 날씨가 존재한다.

"오늘 이상하게 기분이 가라앉아. 오늘 무슨 날이야?"
함께 사는 식구 새벽 언니가 내게 물었다. 나는 대답했다.

"오늘은 물이 많은 날. 언니는 촛불이니까 오늘 좀 기운이 빠질 수 있겠다." "와, 그러네. 무당이 식구라서 이런 게 참 좋다." 언니가 웃으며 말했다. 어떤 날은 식구 먼지가 묻는다. "저는 오늘 어떤 날이에요?" "음…… 먼지 님은 금 기운이 많은데 오늘 흙 기운이 많은 날이라 생각이 많아질 수 있겠어요. 생각을 덜어낼 수 있는 운동을 하면 좋겠는데요!" 어떤 날은 물 기운이 많은 우주가 내게 묻는다. "저는요?" "음, 우주 님은 물 기운이 많은데 오늘은 불 기운이 많은 날이라서 성과가 있겠어요. 일을 마무리할 수 있는 날이니까 집중해서 일을 해보세요." 식구들은 나의 이야기를 듣고 하루를 점검하고 계획을 세우곤 한다.

나의 사주 오행 중심 기운은 나무다. 나무 기운이 많은 나는 물 기운이 많은 날에 컨디션이 좋다. 반대로 금 기운이 많은 날에는 컨디션 관리를 잘해주지 않으면 몸이 쉽게 무거워지고 피로를 느끼곤 한다. 물은 나무를 자라게 하는 기운이고, 금은 도끼처럼 나무를 베는 기운이기 때문이다. 그래서 금 기운이 많은 날에는 되도록 손님을 받지 않고 집에서 쉴 수 있게 일정을 관리한다. 이런 식으로 매일 몸과 마음의 날씨를 살피며 하루하루를 계획하고 있다.

얼마 전 친구 홍초를 만났을 때였다. "오늘 계속 피곤하고
답답한 마음이 들었어. 왜 이러지?" 홍초는 늘 밝고 명랑한
에너지를 풍기는 불 기운의 친구다. 불 기운이 많은 사람
은 과거나 미래보다는 지금에 집중하는 에너지가 많아서
만나는 사람들에게 활력을 불어넣어 주곤 한다.

그런 친구 홍초가 피곤하고 답답했다고 하니, 나는 만세력
을 펼쳐서 오늘의 기운을 봤다. 물 기운이 아주 많은 날이
었다. "오늘은 물 기운이 많아서 불이 꺼지는 날이니까 기
운이 빠질 수 있겠다. 오늘 컨디션 관리 잘해줘." 홍초는 말
했다. "아, 그래서 그렇구나! 어쩐지. 이상하게 기운이 없더
라고." 홍초가 활짝 웃으며 말했다.

"오늘이 그런 날이구나."

내가 오늘의 날씨를 이야기하면 많은 손님들과 친구들은
같은 말을 한다. "오늘이 그런 날이군요." 내가 이상해서가
아니라, 무슨 큰 문제가 있어서가 아니라, 오늘이 그저 그
런 날일 뿐이라는 말에 사람들의 얼굴에 화색이 돈다. 그

런 얼굴을 보면서 나는 생각한다. 오늘은 물 기운이 많은 날이라서 나는 컨디션이 좋으니까 이렇게 좋은 기운을 사람들에게 나누어 줄 수 있는 날이지.

오늘의 날씨도 체크했다. 이 글을 쓰는 오늘은 나무와 불 기운이 많은 날이다. 나무 기운인 나에게 불 기운은 표현하는 기운을 의미한다. 글 쓰기 좋은 날이라는 뜻이다. 그래서 노트북 앞에 앉아 이렇게 글을 쓴다. 매일매일 주어지는 날씨를 선물처럼 받아 안고 오늘의 의미를 엮어간다. 오늘도 이렇게 좋은 날씨를 주셔서 감사합니다. (아멘.)

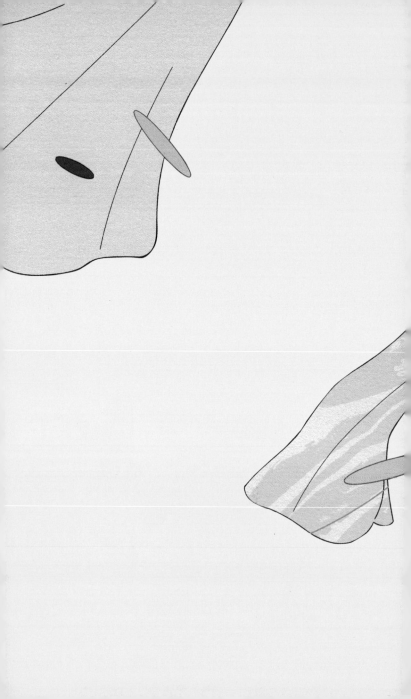

우리가 있는 곳이 굿판!

얼마 전 글 쓰는 여성 작가들이 집에 놀러 왔다. 비혼에서 이를 쓰는 국화와 제비와 새벽 언니, 나까지 네 명의 여성이 둘러앉아 이야기를 나누었다. 국화와 제비는 우리가 만나지 못한 일 년 사이 내가 신내림을 받았다는 소식을 듣고 동그란 눈으로 물었다.

국화   신내림을 받은 다음에 달라진 점이 있나요? 저 궁금했어요!

칼리   음, 특별히 달라진 점은 없어요. 전처럼 글 쓰고 그림 그리는 작업을 하고 있거든요. 달라진 점이라면 '무당'이라는 수식어가 생긴 점? 그리고 저에게 상담 신청하는 사람들이 더 안심하는 거요. 마치 자격증이나 학위 증명서를 가진 것처럼……. (웃음) 무당은 한국 오컬트계에서 가장 신비화된 존재인 것 같아요. 그래서 정말 힘이 들 때 사람들이 찾게 되는 존재인 것 같고요.

국화   그렇군요. 저는 점 보러 갈 때마다 신기가 있다고, 무당이 될 팔자라는 말을 들어왔거든요.

칼리   맞아요. 국화는 어렸을 때부터 귀신을 봤다고 했잖아요. 주변 공간의 기운에 영향도 많이 받고요. 근데 무당이 꼭 귀신을 보고 영혼과 소통하고 점사를 보는 일만 하는 게 아니거든요. 사람들의 한과 흥을 풀어준다는 점에서 저는 이미 국화가 현대판 무당의 역할을 하고 있다고 생각해요. 사실 여기 있는 우리 모두 무당의 일을 하고 있다고 생각하는데……. 제비는 비혼 여성들의 사연을 받아 팟캐스트를 진행하고 있잖아요. 그 여성들의 여러 한을 사연으로 소개하고, 풀어내는 작업을 하고 있고요. 국화도 마찬가지로 한을 푸는 글을 쓰고 있잖아요. 저는 우리가 현대판 무당이라고 생각해요. 많은 여성 작가들이 그럴 거고요. 소외된 이야기를 표현하고, 한과 흥을 나누는 작업을 하는 거니까요.

내 말을 듣고 제비가 웃으며 답했다. "맞아요. 제가 팟캐스트 하면서 느낀 게, 특히 여성들이 한이 많다……. 한 많은 여성들이 자기 이야기를 보내요. 속에서 곪는 이야기를 풀어낼 장을 우리가 만드는 거 같아요."

'한'이라고 하면 억울하게 죽임을 당하고 구천을 떠도는 여자 귀신이 울면서 읊는 사연 같은 걸 떠올릴지 모른다. 하지만 들어줄 사람이 없는데도 밖으로 내보내야 할 이야기가 한이다. 무당은 이런 대수롭지 않게 여겨지는 이야기, 중요하지 않다고 여겨지는 사람의 이야기를 들으며 한을 풀어주고 기도로 정화한다. 굿을 벌여 한을 흥으로 풀어내고 부적이나 신물로 복을 빈다. 그러니 사람들의 사연을 듣고 여러 사람에게 나누며 함께 웃는 자리를 만드는 제비는 그 자체로 무당의 일을 하는 셈이다.

예술가, 연예인, 무당 팔자가 같다는 말이 있다. 사람들의 이야기를 가사로 부르며 공연을 하는 뮤지션, 다른 사람이 되어서 연기를 하는 연기자들도 마찬가지로 무당과 비슷한 역할을 한다. 모두 사라지는 이야기를 끌어안고 대신 한과 흥을 풀어주는 사람들이다.

순발력이 좋은 국화가 제비의 이야기를 듣고 말했다. "우리가 있는 곳이 굿판이네요!" 동그랗게 둘러앉은 우리는 신 내린 사람처럼 깔깔대며 웃었다.

몸에 새긴 부적

나도 처음부터 무당이 되려고 했던 건 아니었다. 예술 작업을 하던 나는 좀 더 직접적으로 죽음을 이야기할 수 있는 직업, 죽음과 사후 세계를 탐구할 수 있는 직업, 모두를 위해 기도하고 행동할 수 있는 직업 옷을 입고 수행하고 싶었다. 그래서 종교인이 되고 싶었다.

하지만 종교인 중에서 여성의 몸으로 선택할 수 있는 직업은 많지 않았다. 목사가 되기에는 신학대학교를 나와야 할 것 같았고, 여성 목사가 차별을 받는다는 말도 많이 들었다. 수녀원에 들어가는 방법도 생각해보았지만 어딘가 순결해야 할 것 같은 이미지가 걸려서 수녀가 되는 것은 포기했다. 무당이 되려니 내림굿 비용이 만만치 않았고, 한국에서는 힌두교나 이슬람교 성직자가 되는 길은 너무 좁았다.

그러다가 불교 수행을 하는 것은 어떨까 생각하게 되었다. 수행 생활을 하면서 자신이 표현하고 싶은 방식, 글과 그림으로 사람들과 소통하는 스님들을 많이 봐오기도 했고, 내가 원하는 공부를 마음껏 할 수 있을 거라고 생각했기 때문이다. 그 과정에서 몇 년 동안 세상과 단절되는 수행이 필요하다면 그것도 할 수 있다고 느꼈다. 마침 삭발도 했으니, 이대로 절에 들어가서 수행 생활을 시작해야겠다고 결심했다.

"안녕하세요. 저, 스님이 되고 싶어서 전화드렸는데요."
목소리를 가다듬고 수행처에 전화해서 말했다. 스님이 되기로 했을 때, 딱 하나 걸리는 것은 몸 여기저기에 새겨진 타투였다. 태국에서는 스님이 직접 사람들에게 부적으로 타투를 새겨주기도 하지만, 한국에서 타투를 한 스님을 본 적은 없었다. 게다가 타투에 대한 인식도 좋지 않은 편이다. 수행처에서 타투가 많은 내 몸을 받아줄까 걱정되었지만 일단 전화를 걸었다.

"네, 반갑습니다. 일단 오셔서 상담을 받으시고 생활을 시작하시면 됩니다."
스님은 자세한 생활 방식과 스님이 되는 절차들을 안내해주었다. 스님의 목소리가 다정해서 안심하고 설명을 들을 수 있었다. 2년여의 수행 생활을 마친 후 어디로 갈지 스스로 선택할 수 있다고 했다. 나는 절에 소속되어 함께 공동

체 생활을 하면서 수행하고 싶다고 말했다. 설명을 모두
듣고 감사하다고 말을 마친 뒤 질문했다.

칼리 제가 타투가 있어요. 그래도 괜찮을까요?

스님 타투요? 음…… (한참 후) 보이는 곳에 있나요?

칼리 손에도 있고 팔에도 있어요. 몸 이곳저곳에요.

스님 보이는 곳에 있네요. 그럼 대중들을 만날 때 방해
     가 돼요.

칼리 대중들을 만날 때요?

스님 타투가 있으면 세속적으로 보인다고 해야 할까
     요? 동료들이 보기에도 좋지 않을 것 같고요.

칼리 그럼 어떻게 해야 할까요?

스님 타투를 지울 수 있지 않을까요?

칼리 꼭 타투를 지워야만 하나요?

스님 네, 그러셔야 할 것 같습니다.

큰마음을 먹고 전화했는데 허무하게 무너져 내렸다. 그때
나는 조울증으로 오랫동안 마음고생을 하고 있었다. 이대
로 죽기는 싫어서, 살기 위해 공부하고 수행하려고 연락한

곳이었다. 고작 타투 때문에 스님이 되지 못하는 것이 허무한 게 아니라, 타투도 받아들이지 못하는 수행처가 허무했다. 만물의 상생을 이야기하는 종교에서도 타투 한 몸은 세속적으로 보인다는 이유로 밀려난다.

전화를 내려놓고 방에 쭈그려 앉아 한동안 말없이 있었다. 타투는 내 몸에 새긴 부적이고 나와의 약속이자 소중한 추억이다. 이것들을 지워야 하는 건 부조리하다고 생각했다. 제도종교의 한계일까. 그렇게 나는 스님이 되기를 포기했다.

얼마 후 연희(굿)를 보러 갈 기회가 생겼다. 친한 친구가 무당이 되기 위해 내림굿을 받는다는 소식을 듣고 한걸음에 달려간 자리였다. 마을 사람들과 나까지 열 명이 안 되는 사람이 신당에 모였다. 옛날 한옥처럼 생긴 작은 신당 안에는 향과 전 냄새가 났다. 색색이 한복이 걸려 있는 벽과 푸짐한 음식이 마련된 한쪽 벽 사이에서 무당과 스님은 각자 징과 장구, 꽹과리를 치면서 가락을 만들었다.

그때 내 또래의 젊은 무당인 수수를 보게 되었다. 수수의 귀 뒤에는 음표 모양의 타투가 새겨져 있었다. 음표 문양은 수수가 연주하는 꽹과리 소리에 맞춰서 춤을 추는 것 같았다. 장구와 꽹과리 소리가 굿판을 가득 메우고 머릿속에도 윙윙 울렸다.

굿이 시작되자 내림굿을 받는 친구가 신상 앞에서 절을 했다. 그렇게 한참 절을 하고 일어나 제자리에서 위아래로 뛰었다. 가락이 고조됐을 때 부채를 들고 뛰던 친구는 갑자기 동작을 멈추더니 부채를 던지고 말했다. "내가 뭘 그렇게 잘못했는데! 내가 뭘!" 친구의 눈썹 위에 걸린 피어싱이 반짝 빛났다. 이어지는 눈물과 울분에 나도 따라 눈물이 흘렀다. 반나절 넘게 이어진 굿은 그들이 땀범벅이 된 다음에야 마무리되었다.

친구는 방방 뛰면서 여러 신령의 이름을 말하고, 신복을 입고 웃다가 울다가 했다. 내림굿은 이렇게 신령들을 차례차례 모셔오고 놀아준 뒤, 굿을 보러 온 사람들에게 점을 봐주면서 끝난다. 신령님이 함께하심을 확인하는 시간이다. 굿의 마무리가 다가오자 친구는 오방기로 굿을 보러 온 사람들에게 점을 봐줬다.

오방기는 흰색, 빨간색, 청색, 검은색, 노란색의 깃발로 무당들이 점사를 보는 도구 중 하나다. 흰색은 금 기운, 서쪽, 죽음과 변태를, 빨간색은 불 기운, 남쪽, 에너지의 발산과 접신을 뜻한다. 청색은 나무 기운, 동쪽, 퇴마와 새 시작을, 검은색은 물 기운, 북쪽, 수렴 상태를, 노란색은 흙 기운, 중앙 방위, 유지를 의미한다. (하지만 점을 보는 사람과 상황에 따라서 다른 의미로 해석하기도 한다.)

한 사람 한 사람씩 오방기를 뽑으면 친구는 신령에게 들은 것을 내뱉어주는 말, 즉 공수를 준다. 내 차례가 되었다. 손에 잡히는 깃발을 꽉 쥐고 당겨 뽑았다. 빨간색 깃발이 눈앞에 촤르르 펼쳐졌다. 옆에 있던 수수가 내게 말했다. "우리 함께 놀아야 한대요. 같이 춤추고 장구 치면서 놀아야 한다는데!" 이야기를 듣고 나는 웃음이 나왔다. 마지막으로 스님이 진언을 외우며 굿은 마무리되었다. (한국 무속신앙의 굿판에서 스님들이 이런 식으로 함께하는 경우가 많다.)

굿이 끝난 후 나는 수수에게 다가가 물었다. "타투가 있어도 무당이 될 수 있나요?" "그럼요. 저도 이렇게 있는걸요!" 수수의 장난기 어린 대답에 마음이 놓였다. 몸에 타투가 있든 없든 이렇게 자유롭게, 신명 나게 놀 수 있는 집이라면 오랫동안 살아갈 수 있겠다고 느꼈다. 나를 받아주는 집에 들어온 느낌이었다.

내가 무당이 되기로 선택한 데에는 타투의 영향이 컸다. 타투가 아니었다면 나는 스님이 될 거였기 때문이다. 물론 무당이라고 모두 타투를 한 것도 아니고, 여전히 타투를 부정적으로 바라보는 무당도 있다. 신 선생님도 처음엔 타투가 많은 나를 나무랐다. "아유, 칼리야. 다 좋은데 네 손에 있는 타투 때문에 신령님이 속상해하신다." 나는 그녀에게 굿을 받은 소위 '신딸'이다. 내림굿을 주관하는 무당을 신어머니, 혹은 신 선생님이라고 부르고 내림굿을 받아 새롭게 무당이 된 사람을 신딸 혹은 신아들이라고 부른다. (가끔 '어머니'라고 부를 때도 있는데, 왠지 입에 안 붙어서 평소엔 신 선생님이라고 부른다.) "그래요? 제 신령님은 괜찮다고 하시던데요!" 내 대답에 신 선생님은 혀를 끌끌 찼고, 그 뒤로 나무라기를 그만두었다.

신 선생님이 아는 도사님을 함께 만났을 때였다.
"손목에 그림을 그렸네요."

흰머리, 흰 수염을 한 도사님은 내 손과 팔에 있는 타투 문양을 바라보며 말했다. 나는 또 타투를 지우라는 말을 들을까 봐 움찔하며 다음 말을 기다렸다.

"손에 평생 남는 그림을 새길 정도로 신의가 있네요."

돌아온 대답은 의외였다. 나는 신나서 말했다. "맞아요. 이 그림은 저를 지켜주는 부적이에요. 제가 직접 바늘로 새긴 부적이요." 도사님은 껄껄 웃으며 내게 천부경(81자로 된 대종교의 경전) 글자를 적은 부채를 선물로 주셨다. 지금처럼 계속 신의를 가지고 기도하라는 뜻으로 준 것이었다. 나는 도사님에게 감사하다고 인사드리고 집으로 돌아왔다.

내 몸에는 타투가 많다. 어깻죽지 위, 양쪽 팔, 팔꿈치, 손목, 손, 손가락, 목 아래, 목 뒤, 귀 뒤, 얼굴, 다리, 무릎에도 타투가 있다. 새겨진 사연은 모두 다르다. 오른쪽 팔에 새긴 바이킹 문양의 방위도는 내 영혼의 지도다. 왼쪽 손목에 있는 소머리뼈 타투는 꿈에서 본 소라 문양을 본떠서 새겼다. 왼쪽 무릎 안쪽에는 바늘로 십자가 문양의 타투를 새겼다. 왼쪽 어깨 위에는 갑옷같이 생긴 만다라가 있고, 오른쪽 눈 밑에는 바늘로 새긴 세 개의 점 타투가 있다. 이

점 세 개는 마고 삼신할머니이자, 창조와 생명의 숫자 3을 의미하기도 한다. 기억하고 싶은 것을 책상 위에 메모하듯 그림으로 몸에 새긴 거였다.

내 몸은 내 신당이다. 나의 신당에는 그림이 많다. 이곳에는 절대 지워지지 않는, 지우지 않을 상징들이 새겨져 있다. 손님들에게 고유한 기운을 담아 부적을 만들어주는 것처럼, 부적을 만들어 신방에 걸어놓았다. 그림 많은 나의 몸은 그 자체로 부적이 된다. 손님들이 부적 타투 디자인을 의뢰하기도 한다. 나는 손님에게 꼭 필요한 기운을 디자인해 평생 간직할 타투 부적을 그려준다.

차별받고 밀려난 몸들이 나를 방문한다. 무당은 신이 되어 왕처럼 군림하는 사람이 아니라, 신과 신 외의 모든 것 사이에 서서 낙인찍힌 몸까지 끌어안는 존재다. 다양한 몸들과의 만남이 오늘도 설렌다. 그래, 내가 이래서 무당이 된 거지.

노라를 만나다

수행처의 문을 두드리기 전에 나를 다른 곳으로 이끌려던 존재가 이미 있었다. 조울증으로 고생하던 나는 종종 꿈에서 죽음을 체험했다. 깨어 있을 때도 반수면 상태로 멍하니 허공을 바라보는 날들이 많아졌다. 반은 이생에 눈뜨고 반은 죽은 채로 지내던 어느 날, 어떤 사건을 계기로 노라를 만나게 되었다.

5년 전, 나는 임신중지 수술을 받았다. 애인은 대학원 입학시험을 준비하러 간다며 사라졌다. 쉬운 배신이었다. 그와 머물던 방에서 하혈했다. 두통이 파도처럼 들어오고 나가기를 반복했다. 말하지 못하는 고통은 독이 됐다. 나는 그를 쓰기로 했다. 그에 대한 글을 쓰는 동안 고통이 언어로 변했다.

임신중지 수술과 섹스와 임신과 피임과 출산에서 소외되는 내 몸을 썼다. 그전까지는 뱉지 못하던 말이 줄줄 나왔다. 임신중지 수술과 여성의 자위 등 여성의 섹슈얼리티에 관한 경험도 써서 공유했다. 여성이 자신의 성 경험에 대해 실명으로 글을 쓰다니, 오해받고 낙인찍힐 거라 예상했다. 누가 뭐라 하든 상관없어. 그래, 나 더럽다. 어쩔래?

나는 외치고 싶었다.

그때 꿈속에서 처음으로 노라를 만났다. 나는 파란빛으로 가득 찬 동굴 콘서트장에 있었다. 무대 뒤편으로 걸어가다가 낯익은 사람을 봤다. 길고 하얀 저고리를 정수리부터 뒤집어쓴 노라였다. 나는 그녀의 이름이 노라이고, 옛날에 함께 집을 나왔다가 남편에게 잡혀서 돌아간 상황이라는 걸 알고 있었다. 노라도 나를 보고 있었다. 그녀 옆에는 키 큰 남자가 서 있었다. 남편 같았다. 노라에게 다가갔다.

"잘 지냈어요?"

노라는 대답이 없었다. 노라를 도와주고 싶었지만 말 없는 노라를 도울 수 없었다. 동굴 밖으로 걸어 나오다가 한쪽 발에 쇠사슬이 묶인 흰색 강아지를 봤다. 강아지는 발목이 묶인 상태로 연못에서 헤엄치고 있었다. 사람들은 강아지가 너무 귀엽다고 말하면서 사랑 가득한 표정을 지었다. 그 표정이 무서워서 깼다.

꿈과 현실의 경계가 모호하게 느껴졌다. 꿈에서 만난 노라는 또 다른 나처럼 느껴졌다. 임신중지 수술을 증언하는 글을 공유한 후 몇 번 더 노라를 만났다. 꿈에서 나는 창문 없는 파란 방 안에 있었다. 몸에 달라붙는 유니폼을 입은 여자와 양복을 입은 남자가 서 있었다. 그 옆에는 사람 얼굴을 한 흰색 강아지가 있었다. 얼굴은 사람이고 몸은 강아지인 그녀는 하나코라는 이름으로 불렸지만 나는 그녀가 노라라는 걸 알고 있었다.

여자와 남자가 잠깐 방을 나갔을 때 노라에게 이곳을 나갈 수 있는 길을 알려달라고 강아지 말로 물었다. 노라는 고개를 끄덕이고는 작은 문을 열고 빨간색 나선형 계단이 있는 깊은 공간으로 갔다. 위에서 바라보면 빨간 실타래 같은 긴 계단이었다. 하얀 털의 노라는 앞서서 네발로 계단을 내려갔다. 노라에게는 익숙한 통로 같았다. 노라를 따라 계단을 내려가고 내려가도 끝이 보이지 않았다.

노라가 정말 나를 나가게 해주는 게 맞을까? 저게 정말 노라일까? 계단을 내려가다가 눈을 떴다.

꿈이 흩어지기 전에 노라를 쓰고, 노라를 검색했다. 노라는 헨리크 입센의 희곡 『인형의 집』에 나오는 주인공이

었다. 춤과 모험을 사랑하는 사람, 엄마나 아내나 여자이기 전에 노라로 살고 싶었던 사람이었다.

노라가 알려준 출구는 밑으로 열려 있었다. 그곳은 죽은 자와 산 자가 뒤엉킨 장소였다. 더럽고 위험해 보이는 그곳으로 나를 안내해준 노라를 믿고 싶었다. 나는 노라를 따라 나선형 계단 밑으로 끝까지 내려가기로 했다. 노라가 출구를 알려줄 거야.

임신중지 수술과 애인의 배신, 사회적 소외감과 단절, 육체적 고통⋯⋯. 정서적으로 극한에 몰리면서 나는 사주 명리와 주역, 점성학을 공부하기 시작했다. 한꺼번에 찾아온 이런 고통을 설명해줄 수 있는 게 기존 언어에는 없다고 느꼈기 때문이다. 점을 보러 가기엔 여성, 성 소수자에 대한 편견으로 점괘를 해석하는 경우가 많아 직접 공부하기를 선택했다. 운명학을 공부하면서 자연스럽게 무속신앙에도 관심을 가지게 되었다.
그리고 내게 닥쳐온 고통이 신병이라는 걸 알게 되었다. 신병은 무속신앙에서 강신무 무당이 될 사람이 앓는 병을 말한다. 밤에는 잠이 오지 않았고, 모든 것에 화가 나거나 무기력했다. 사회적 단절과 경제적 어려움, 친밀한 관계에서의 배신과 건강 악화까지. 예고 없이 닥쳐온 버거운 일들은 나를 막다른 길로 몰아넣었다.

나는 인도에 가기로 했다. 꿈속의 노라가 알려준 출구가 인도에 있을 것 같았다. 인도는 옛날부터 서천서역국으로 불리던 곳이라서 끌렸다. 한국 무속신앙의 조상인 바리데기 이야기에도 서천서역국이 나온다. 바리는 저승으로 가서 생명을 구하는 약을 찾게 되는데 저승으로 표현된 그곳이 서천서역국, 지금의 인도였다. 노라가 죽은 자와 산 자가 뒤엉킨 장소를 보여주었으니까, 산 자의 세상에 존재하는 저승인 인도가 그곳 아닐까.

"아무래도 언니는 무당이 되어야겠다"

인도로 떠나기 전, 지인에게 무당을 소개받았다. 편견 없이 점사를 봐주는 사람이라고 해서 안심하고 찾아간 곳이었다. 무당의 신당은 내가 사는 고양시 근처에 있었다. 마침 가까운 곳에 있어 언니와 동행했다. 택시에서 내려선 무당의 집을 찾아 고층 건물 사이를 터벅터벅 걸었다. 건물이 너무 커서 어디가 입구인지 몰라 한참을 헤맸다. 겨우 입구를 찾아 무당의 집에 들어갔을 때, 나는 강한 기운을 느꼈다. 부자의 기운을.

현관에 들어서니 금빛 신상들과 대리석 테이블과 가죽 소파가 보였다. 거실 한쪽은 통유리로 되어 있어 바깥의 호수 전망이 한눈에 보였다. 이 무당은 돈이 많구나, 생각했다. 무당도 계급이 서로 다르다. 어떤 무당은 거의 쓰러져가는 집에서 초 하나를 켜고 점사를 보고, 어떤 무당은 대형교회의 목사님처럼 '삐까번쩍한' 신당에서 점사를 본다.

그때 나는 삭발을 한 지 얼마 안 돼 반삭발 상태였고, 며칠 동안 머리를 감지 못해서(않아서) 모자를 쓰고 갔다. 조울증 때문에 정신과에서 약을 타 먹고 있었지만 아침에 일어나 머리를 감는 일도 힘들었다. 딱 봐도 며칠은 안 씻은 아파

보이는 행색의 나를 보고 무당이 뭐라고 할까 긴장됐다.

언니와 나는 거실 소파에 앉아 차례를 기다렸다. 기다리는
동안 무당의 남편으로 보이는 사람이 와서 커피를 건네주
었다. 우리는 차를 마시면서 전시장처럼 넓은 집 안을 둘
러봤다. 먼저 왔던 손님들이 나가고, 우리 차례가 되었다.
다섯 개의 방 중, 거실 왼편의 방으로 들어갔다. 방에 들어
가자 거실과 같은 통유리로 호수가 보였고, 그 앞에는 큰
책상과 책장이 있었다. 무당은 의자에 앉으라고 말하더니,
나를 빤히 쳐다봤다.

"모자 벗어요. 점 볼 때는 모자를 벗어야 해."
나는 감지 않은 머리가 부끄러워서 쭈뼛쭈뼛 모자를 벗었
다. 무당은 잔디처럼 삐죽하게 자란 내 짧은 머리가 당혹
스러웠는지 나를 한 번 쳐다보고는 말보로 레드를 한 대
입에 물었다. 그렇게 상담이 시작되었다. 무당이 내게 말
했다.

> 무당   요즘 힘들지?

칼리   네.

무당   언니는 신병을 앓고 있네.

칼리   조울증이 있긴 해요.

무당   아무래도 언니는 무당이 되어야겠다. 안 그러면 본인이랑 다른 가족들 모두 힘들 거야. 본인이 그 힘든 걸 끊어내겠다는 마음으로 신내림을 받아야 해요.

무당은 담배 연기를 뿜으며 단호한 표정으로 말했다. 신병을 앓고 있다고 느끼긴 했지만 상담을 시작하자마자 신내림을 받아야 한다니, 조금 당황했다. 한편으론 무당이 내 고통을 알아주는 것 같아 고마운 마음이 들면서도 내 고민이나 언니 고민을 들어보지도 않고 다 풀어줄 수 있다고 단언하는 태도가 의심스럽기도 했다. 신내림을 받으면 모든 게 풀린다고? 죽을 만큼 힘든 내 마음이 사라질 수 있다고? 그게 가능하다고?

"본인은 잘할 거야. 무당을 하세요. 내림굿을 받는 게 좋을 것 같으니까 생각 있으면 얘기해줘요. 내가 잘해줄게."

무당은 자신의 신 제자가 되면 자기처럼 좋은 집에서 살 수 있다고 말했다. 이 집 말고 아래층에 집이 한 채 더 있다며, 이런 삶을 살고 싶지 않으냐고 물었다. 나는 무당이 집 없이 떠돌이로 살아온 내 삶을 읽은 걸까 생각했다. 두 시간 내내 신내림을 받으라는 말을 들은 후 상담이 마무리되었다.

집으로 돌아오는 길, 머리가 복잡했다. 내림굿을 꼭 받아야 할까? 너무 비약 아니야? 이 사람 사기꾼인가? 이런저런 의심이 올라왔지만 그때 나는 지푸라기라도 잡고 싶은 심정이었다. 아침에 눈뜨기가 싫고 아무런 희망도 미련도 없는 삶을 끝내고 싶다는 생각뿐이었다. 그림자밖에 없는 나에게 무당의 말이 빛처럼 다가온 거다. 이 지푸라기마저 없으면 죽음 쪽으로 몸이 기울 것 같았다.

게다가 이전부터 주역을 공부하고 타로와 각종 무속신앙에 관심이 있던 터라 거부감만 있진 않았다. 한편으론 이쪽으로 내 직업을 선택해도 괜찮겠다는 생각도 들었다. 무슨 일이든 겪어보지 않으면 영원히 모르는 채로 남아 있게 될 테니. 굿만 받으면 다 풀린다는 말이 머리를 맴맴 돌았다. 이틀을 고민하다가 무당에게 전화를 걸었다.

칼리   선생님, 생각해봤는데 내림굿을 받는 게 좋을 것
      같아요.

무당   그래요. 두 달 동안 왔다 갔다 하면서 교육도 받고,
      그다음에 날짜를 잡아서 내림굿을 할 거예요. 내
      림굿 비용은 2천5백만 원이에요. 저렴하죠?

네? 나는 지금 2천5백만 원은커녕 25만 원도 아쉬운 상황
인데. 잠시 망설이다가 물었다.

칼리   제가 그만큼의 돈은 없어서 어려울 것 같은데, 어
      떻게 다른 방법은 없을까요?

무당   보통 이럴 때는 주변에서 돈을 구할 수 있죠. 그래
      서 내림굿을 받은 후에 천천히 갚는 거예요.

칼리   그런데 제 주위 사람들도 여건이 어려워서요……

무당   그럼 좀 더 생각해보고 연락해줘요.

굿을 안 받으면 큰일 날 것처럼, 뭐든 도울 자세로 적극적

이었던 무당이 돈이 없다는 말에 걸었던 팔을 내렸다. 그 온도차가 낯설게 느껴졌다. 무당은 인생이라는 중요한 문제 앞에서 돈은 문제가 아니라는 듯한 태도로 말했지만, 나에겐 돈이 문제였다. 프리랜서인 나는 대출을 받을 자격도 되지 않았고 누군가에게 돈을 빌릴 방법도 없었다. 통장 잔고를 확인했다. 통장에는 20만 원 하고 몇천 원이 있었다.

타투 때문에 스님이 되지 못한 것처럼, 돈이 없어서 무당이 되지 못하는 상황이었다. 돈 때문에 무당이 되지 못하는 현실에 착잡했다. 아니, 돈이 없으면 나는 앞으로도 계속 힘들 수밖에 없을 거라는 의미 같아 몸이 차갑게 식는 듯했다.

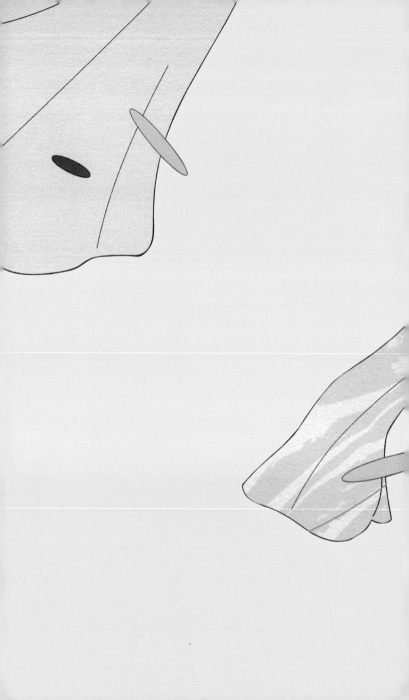

최초의 황홀경

내림굿을 받지 못하게 된 나는 이후 몇 년 동안 인도와 한국을 번갈아 다니며 지냈다. 2년 전 티베트 망명정부가 있는 인도의 산마을 다람살라에 머물던 때였다. 반수면 상태로 거의 잠만 자면서 지내던 어느 날, 잠에서 깨면서 문장을 봤다. '몸을 움직여라.'

몸을 일으켜 산책하러 나갔다. 산책을 하다가 '부토 스쿨'이라는 곳의 홍보 포스터를 보게 되었다. 부토는 일본에서 시작된 춤으로, 영혼의 춤이라고도 불린다. 전쟁이 끝난 후 폐허가 된 땅에서 예술가들이 추기 시작한 몸짓이었다. 아름다운 것이 무엇인지 질문하는 듯한 몸짓과 표정, 정형화되지 않은 춤이 마음에 들어 부토 스쿨에 방문해야겠다고 생각했다. 그렇게 찾아간 부토 스쿨에서 춤추는 생활을 시작했다. 구멍 난 몸에 바람이 들어오면 돛대의 천처럼 몸이 나부끼는 대로 두는 부토 춤이 좋았다. 그렇게 춤을 추면서 하루하루를 보냈다.

부토 스쿨에서는 일주일에 한 번씩 공연을 열었다. 평일에는 학생들이 학교에 모여서 춤을 췄다. 하루는 학교에서 공연 리허설을 하고 있었다. 초록 조명과 빨간 조명이 비추는 홀에서 동물, 바람, 쇳소리, 물소리가 연주되었다. 나는 무릎을 굽히고 무대로 엉금엉금 기어 나가 춤을 추기 시작했다. 여느 때처럼 몸에 긴장을 풀고 동작이 나오는 대로 춤을 추고 있었다. 그런데 음악이 고조되면서 이상한 일이 일어났다. 몸이 갑자기 멋대로 꺾이고 출렁거렸다. 춤추던 공간에 나를 제외한 다른 사람들이 보이지 않았고, 연주 소리는 텅 빈 곳에서 흐르는 독백 같았다.

눈물이 흐르고 입이 벌어졌다. 깊은 설움을 느꼈다. 나는 춤을 추다가 말고 바닥에 옆으로 누워서 울고 있었다. 그때, 공간 뒤편으로 밀려났다. 내가 누구였는지 기억이 안 났다. 한 발짝만 더 걸어가면 내가 소멸한다고 느꼈다. 발 디딜 땅이 없는 느낌에 아찔해졌다. 이것은 트랜스 상태였다. 트랜스란 최면처럼 반은 저승에, 반은 이승에 있는 정신의 이상 상태를 말한다.

내가 이상한 짓을 하자 함께 춤을 추던 동료들이 몰려들었다. 한국에서 온 동료 포도가 괜찮냐며 나를 일으켜주었다. 나는 혼란스러워서 아무 말도 하지 못했다. 포도와 나는 종종 샤머니즘에 대한 이야기를 나누던 사이였는데, 그런 포도가 내 상태를 알아채고 사람들에게 방울을 가져오라고 말했다. 곧이어 누군가가 방울을 가져왔고, 포도가 내 귀에 대고 방울을 흔들어주었다. '딸랑딸랑' 맑은 방울 소리가 울렸다. 방울 소리가 들리자 안개가 걷힌 것처럼 주변이 깨끗해졌다. 다시 돌아올 길을 찾을 수 있을 것 같은 기분이 들었다. 포도가 내 손에 방울을 쥐여주었다. 나는 남아 있는 힘으로 방울을 쥐고 '딸랑딸랑' 흔들었다. 쨍쨍하게 울리는 방울 소리는 소멸 직전에 있는 내 정신을 여기로 돌아오게 해주었다. 방울을 흔들면서 제자리에서 일어나 방방 뛰기 시작했다.

한참을 방방 뛰다가 멈춰 섰을 때, 할아버지가 내 입에서 나왔다. "야 이놈들아!" 나도 깜짝 놀랐다. "내가 너희 사이좋게 지내라고 했잖아! 언제까지 싸울 거야, 이놈들아!" 한이 섞인 울분을 목청껏 외쳤다. 그리고 다시 제자리에서 위아래로 방방 뛰었다. 그 할아버지는 큰 장군, 환웅님이었다. 그러다가 할머니가 나왔다. 할머니도 같은 말로 호통을 쳤다. "사이좋게 지내라고 했잖아. 그만 싸우라고, 이놈들아!" 마고 할머니였다. 평소의 내 목소리와는 다른 데시벨이었다. 교실이 쩌렁쩌렁 울렸다.

소리를 질러도 울분이 멈추지 않았다. "아악!" 고함을 지르자 내 주위로 다른 층에 있던 학생들도 웅성웅성 모였다. 수줍음 많은 내가 고래고래 소리 지르다가 다시 방방 뛰기를 반복했다. 그러다가 멈춰 서서 주변에 있는 사람들을 둘러보았다. 포도를 제외하고 무슨 상황인지 모르는 사람들은 어리둥절한 얼굴로 나를 쳐다보고 있었다. 어떤 사람은 내 눈을 보자 놀라며 고개를 돌렸고, (아마 내가 미쳤거나 악령에 홀린 거라고 생각했을 거다.) 어떤 사람은 따뜻한 눈빛으로 바라봐주었다.

포도는 기도를 하며 내 곁을 지켜주고 있었다. 갑자기 옹알거리는 동녀가 나왔다. 나는 "나 미친 거 아니에요. 오해하지 말아요. 가지 말아요"라고 내 눈을 피하는 사람들에게 말하고 있었다. 한국말을 알아듣는 포도가 사람들에게 이건 한국 샤먼들이 접신했을 때 하는 말이라고, 지금 칼리는 샤먼 의식을 하고 있는 것 같다고 영어로 설명해주었다. 나는 바닥에 털썩 주저앉았다. 이대로 집에 돌아가기 어려워지자 동료들이 담요를 깔아주었다. 내내 들고 다니던 지팡이를 꽉 잡고 할아버지에게 기도했다. "도와주세요. 저를 잡아주세요."

포도는 자신이 아는 한국에 있는 무당에게 연락해야겠다며, 그분에게 카카오톡 영상통화를 걸었다. 핸드폰 화면 속에서 무당의 얼굴이 보였다. 무당의 뒤로 이글거리는 호랑이도 보였다. 무당은 도깨비처럼 무서운 신의 얼굴을 하고 있었다. 무당의 얼굴에 보였던 도깨비는 무당이 모시는 신령인 치우천왕이었다.

이분이 나의 신 선생님이 될 무당이었다. "아유 그렇게 많이 데리고 그리 멀리까지 갔어." 무당이 내 얼굴을 보고 말했다. 주룩 눈물이 흘렀다. 말을 하려는 순간 영상통화가 지직대더니 연결이 끊어졌다. 포도를 붙잡고 나는 물었다.

칼리　　이분 누구세요?

포도　　제가 아는 무당인데, 한국에서 춤 페스티벌 때 굿을 하셔서 알게 된 분이에요. 정말 좋은 분이에요. 연락처 알려줄 테니, 나중에 다시 연락해보세요.

칼리   저는 왜 이럴까요?

포도   그러게요. 인도에서 일본 춤을 추다가 한국 샤
         먼 의식을 하게 된 경우는 저도 처음 봐요. (웃음)

어이가 없어서 나도 웃음이 나왔다. 사람들이 하나둘 집
으로 돌아갔다. 함께 춤을 추던 동료 세 명이 내 곁에 머물
러줬다. 우리는 둘러앉아 망고와 파파야를 깎아 먹은 다
음 담요를 덮고 자리에 누웠다. 깜깜한 학교 천장에 격자
무늬, 소용돌이, 연꽃, 새의 형상 등 기하학적인 패턴이 보
였다. 정신을 잃지 않으려고 주문을 외우고 기도하면서 밤
새 지팡이를 한쪽 손에 쥐고 있었다. 미국에서 온 동료 리
플리가 새벽 내내 곁에서 손을 잡아주었다. 친구의 손
과 지팡이 덕분에 깊고 어두운 밤을 무사히 통과할 수 있
었다. 까마귀가 각각 울었다.

어느새 파란빛이 학교 창문으로 들어왔고, 나는 몸을 일으
킬 수 있었다. 아침이었다. 화장실에 가서 큰 똥을 쌌다. 불
빛에 달려들던 나방이 화장실 바닥 여기저기에 떨어져 있
었다. 어제 무슨 일이 있었던 거지? 아무것도 정리가 되

지 않았지만 일단 숙소로 돌아가야 했다. 햇살이 따사로운 날이었다. 나는 지팡이를 짚고 학교 들판을 지나 산 고개를 넘어 숙소로 걸어갔다. 그리고 무언가에 이끌리듯 옷가게에 들러 개량한복같이 생긴 하얀색 옷을 사서 입었다. 집에 도착해 따뜻한 물로 비누 없이 몸을 씻었다. 몸에 묻은 물기를 닦고, 새로 산 하얀 옷을 입고 예정된 공연을 하러 갔다. 춤을 출 때 전날과 다르게 팔과 손이 부드럽게 구부려졌다. 부드러운 바람이 내 몸 전체를 어루만져 주는 느낌이 들었다. 날카로운 비명 같던 몸동작은 사라지고, 하늘과 땅을 동그랗게 쓰다듬는 몸짓이 나왔다. 기쁜 마음으로 모두에게 축복을 주는 손동작, 수인을 하며 공연을 마무리했다. 기도하는 마음으로 춤을 추고 나자 마음이 가볍고 경쾌해졌다. 전날 춤을 출 때가 영혼의 의식 상태로 변환 중인 트랜스 상태였다면, 이때 춤을 추면서 겪은 상태는 모두와 합일이 되는 엑스터시, 황홀경이었다.

내
림
굿
을　받
다

그날 이후 계속 꿈을 꾸는 것 같았다. 길을 걸으면 어떤 사람의 엉덩이에서 꼬리가 보이고 어떤 사람의 어깨에는 연기 뭉치가 보였다. 잠자리에 들고 잠에서 깰 때마다 검은 머리카락을 한 사람들이 보였다. 혼란스러웠다. 그러나 두려운 만큼 호기심이 생겼다. 휙휙 지나가고 다가오는 그 존재들이 궁금했다. 더 들여다보고 싶었다. 나는 포도가 소개해준 무당을 만나야겠다고 생각했다. 무당에게 영상통화를 걸었다.

"안녕하세요 선생님, 저번엔 정말 감사……"
말을 하려던 차에 무당이 나를 보고 엉엉 울었다. 나도 따라 눈물이 흘렀다. 우리는 함께 통곡했다.

칼리	너무 힘들었어요. 너무 힘들어서 여기까지 왔어요.
무당	왜 그렇게 멀리까지 갔어. 한국은 언제 와?
칼리	이제 곧 갈 거예요.
무당	그래. 어서 와. 같이 계룡산 가야겠다.
칼리	네. 한국에 도착하면 연락드릴게요. 선생님, 감사합니다.

한국으로 돌아와 무당을 찾아갔다. 신 선생님은 굿에 필요한 돈을 들고 오긴커녕 가진 것 없고 언제 또 인도로 돌아갈지 모르는 나를 따뜻하게 안아주었다. 선생님의 얼굴을 보자 또 눈물이 흘렀다. 선생님도 따라 눈물을 흘렸다. 그때, 무당은 다른 사람의 아픔도 예민하게 느끼는 사람이구나 생각했다. 선생님이 차려놓은 따뜻한 밥을 먹으면서 우리는 서로의 눈을 오랫동안 바라봤다.

신 선생님은 십 년 전 딸이 몹시 아팠을 때 남편의 외도를 알게 되어 충격으로 쓰러지고 정신을 잃었다고 했다. 그때 자기도 모르게 신의 이름을 외치면서 깨어나 그 신을 몸주로 모시는 무당이 됐다며 웃으셨다. 임신중지 수술 후 애인이 일방적으로 잠적해버렸을 때, 혼자 하혈하고 비명을 지르고 울던 시간이 떠올랐다. 그때도 신령은 나와 함께했다고 느꼈다. 한 많은 여자의 모습으로 말이다.
신 선생님은 하얀 버선과 연보라색 한복 치마를 건네주셨다. 한복을 입고 보라색 신당에 들어가 옥수를 올리고 신령님께 인사를 드렸다.

다음 날 약속대로 신 선생님과 계룡산에 갔다. 내림굿을 하기 위해서였다. 먼저 용왕신이 있는 폭포에 가서 기도를 드렸다. 밤하늘의 별을 보면서 칠성신에게도 인사를 드렸다. 하늘에 있는 국자 모양의 북두칠성이 정겨워 보였다. 도착한 기도터에는 청주에서 온 무당과 울산에서 온 도사님이 계셨다. 기도터에 도착하자 신 선생님은 내가 끌리는 곳을 가리키라고 했다. 나는 산과 가장 가까운 곳에 있는 미륵 산신각을 가리켰다.

미륵 산신각에 들어가 굿을 시작했다. 보름달이 뜬 밤이었다. 깨끗하게 씻은 과일을 올리고 초를 켰다. 무당과 도사가 북과 징을 쳤다. 신 선생님은 내 몸에 흰색 천을 두르고 풀기를 반복했다. 조상신의 한을 풀어주는 과정이라고 했다. 둥둥 북소리에 머리가 흔들렸다. 인도에서 춤을 추던 그때의 느낌이었다. 몸이 멋대로 움직였다. 방방 뛰다가 데구루루 구르기를 반복했다. 굿을 하다가 지쳐 밖으로 기어 나오자 까만 풍뎅이가 보였다.

다시 방으로 들어가 북을 치다가 구르다가 방방 뛰었다. 신 선생님이 옆에서 누가 오셨느냐, 묻고 나는 신령님들의 이름을 말했다. 마고 삼신할머니, 환인님, 환웅님, 단군님, 칠성신, 미륵 산신, 용왕 대신, 대신 할머니, 조상신, 동자와 동녀, 선녀님이 왔다. 그중에 예수님도 있었는데, 모태 신앙인 나는 굿판에 나타난 예수님이 재밌어서 웃음이 나왔다. 신 선생님은 지신(땅의 신)의 소리는 징이고 천신(하늘의 신)의 소리는 북이라며, 징과 북을 차례로 울렸다. 징을 울릴 때도 방방, 북을 울릴 때도 방방 뛰었다. 한참을 뛰다가 멈춰 섰을 때, 눈물이 주룩 흘러나왔다. 나는 자리에 주저앉아 엉엉 울다가 눈물을 닦았다. 안도의 눈물이었다. 여기까지 살아서 왔구나. 얼마나 지났을까. 허리가 펴지고 눈이 똑바로 떠졌다. 몸의 구멍마다 온기와 한기가 번갈아 왔다.

그때 「수덕사의 여승」이 들렸다. '속세에 두고 온 임 잊을 길 없어……' 노랫가락이 나오자 다시 눈물이 줄줄 흘렀다. 몸이 떨렸다. 눈물을 멈추지 못하는 여자가 들어와 계속 울었다. 한참을 울던 그녀가 허리를 곧게 펴고 차분하게 숨을 고르기 시작했다. 그때 신 선생님이 나에게 다가와 말했다.

"이제부터 시작이야. 너는 천신의 제자야. 자부심을 가지고 잘 살아."

내 등을 토닥여주는 선생님에게 미소 지었다. 그렇게 굿은 마무리되었다.

신당을 정리한 후 따뜻한 물로 비누 없이 몸을 씻었다. 보름달을 보면서 춤을 추려고 밖으로 나가는 길에 내 손바닥만 한 두꺼비를 봤다. 울퉁불퉁한 땅 색 두꺼비는 달이 있는 쪽으로 엎드려 있었다. 두꺼비 옆에 앉아 보름달을 바라보며 기도했다. 모든 것에 감사해지는 고요한 밤이었다. 기도터 숙소로 들어가 함께한 신 선생님과 청주 무당, 울산 도사님에게 감사하다고 인사를 드렸다. 신 선생님이 나에게 말했다. "착하게 살면 돼. 그게 무당이야." 나는 대답했다. "네. 베풀면서 살게요." 우리는 옆으로 마주 보고 누워서 신령님에 대한 이야기, 무당에 대한 이야기를 나누다가 잠들었다.

웃는 귀신

×

귀신에게도 표정이 있다. 그것도 다양한 표정이. 어떤 귀신은 무표정하고, 어떤 귀신은 울고, 어떤 귀신은 웃는다. 내가 만난 귀신 중 가장 기억에 남는 귀신은 웃는 귀신이었다.

처음 귀신을 만난 건 열여섯 살 때였다. 오전부터 몸이 안 좋았는데 학교에서 버티다가 집에 돌아와 그대로 침대에 누웠다. 저녁 8시 무렵이었다. 방구석에 어렴풋이 무언가가 느껴져서 고개를 드니, 머리를 양 갈래로 묶은 여자아이가 침대 밑에 웅크리고 있다가 천천히 일어나 누워 있는 나에게 빠르게 기어 왔다.

아이는 내 몸 위에 올라오더니 나를 보고 또박또박 말했다. "이거 보지 마. 이거 보지 마, 알았지?" 익살스럽게 웃고 있는 여자아이의 표정에 나는 기겁했다. 이게 꿈이길 바라며 발버둥 쳤지만, 꿈이 아니었다. 나에게 바라는 게 있는 것도 아니고, 그저 장난스럽게 나를 가지고 노는 것 같은 귀신의 표정이 무서웠다.

귀신 중에서도 웃는 귀신이 제일 무섭다는 말이 있다. 사람에게 딱히 원하는 것이 있는 것도 아니고, 하소연하고 싶은 것도 아니기 때문이다. 보통 귀신은 달래주면 떠나가는데 이런 귀신은 달랜다고 되는 것도 아니다. 웃는 귀신은 말이 안 통하기 때문에 보내주기도 쉽지 않다.

웃는 귀신을 만난 후로 보이는 것이 많아졌다. 휙휙 지나가는 연기나 불길이 이글거리는 형체, 투명한 안개의 형태로 무언가를 느꼈다. 그 무언가가 귀신이라는 걸 나는 직감적으로 알 수 있었다.

자기가 죽은 줄 모르는 귀신

✕

어떤 귀신은 자기가 죽은 줄 모른다. 살아 있을 때 하던 행동을 그대로 하면서 거리를 활보하기도 하고, 살던 집에서 요리나 빨래를 하기도 한다.

마포대교 아래 반지하 방에서 살 때였다. 그 집에는 전에 살던 사람의 흔적이 많았다. 모서리마다 부딪혀도 다치지 않도록 보호대가 붙어 있고, 이동할 때 보조적으로 쓸 수 있는 손잡이도 방 곳곳에 설치되어 있었다. 작고 습한 원룸이었지만, 누군가가 정성스럽게 꾸미고 살림한 흔적이 느껴지는 방이었다.

그곳에서 매번 같은 영혼을 마주쳤다. 검은색 티셔츠에 허름한 회색 바지를 입고 경비원 모자를 쓴 할아버지였다. 할아버지는 내 방을 제집 드나들듯 했다. 어떤 날은 할아버지가 부엌 한구석에 서서 흥얼거리며 요리를 하고 있었다. 또 어떤 날은 아무렇지도 않게 화장실로 들어갔다가 나오기도 했다. 그에게는 내가 귀신인 양 나는 안중에 없었다. 나를 의식하지 않고 자기 생활에 몰입하는 모습이었다.

할아버지는 한쪽 다리를 절며 걸었다. 혹시 이곳에서 오래 살던 분일까. 그래서 이곳에 모서리 보호대와 보조 손잡이가 많은 걸까. 나중에는 익숙해져서 할아버지가 오늘은 안 오나 생각도 했다. 할아버지에게 말을 걸어볼까도 생각했지만, 살아 있는 사람도 아닌데 말을 걸어서 무얼 하나 싶어 무심하게 지냈다.

계약 기간이 끝나고 그 집을 나올 때 집주인에게 그의 이야기를 들었다. 근처 아파트에서 경비 일을 하던 할아버지가 살았는데, 홀로 이 집에서 죽게 되었다고. 나는 할아버지에게 작별 인사를 하는 마음으로 모서리 보호대와 보조 손잡이들을 깨끗하게 닦았다. 할아버지는 오늘도 그 집에서 요리를 하고 계실까?

살아 있는 귀신

✕

죽은 사람만 귀신이 되는 건 아니다. 살아 있는 사람도 귀신의 모습으로 나타날 때가 있다. 친구와 함께 명상을 하고 있던 어느 날이었다. 창문이 열린 집에서 바람을 맞으며 친구와 나란히 앉아 고요히 명상을 하던 중, 갑자기 산책이 하고 싶어진 나는 자리에서 일어났다. "잠깐 밖에 나갔다 올게." 친구가 대답했다. "응." 친구는 집에 남아 있고,

나 홀로 집을 나섰다. 우리가 있던 집은 아파트 13층이었다. 그런데 엘리베이터가 13층에 멈춰 서더니 움직이지 않는 것이다. 잠시 후 엘리베이터 문이 다시 열렸다. 엘리베이터 문 앞에는 집에 있겠다던 친구가 서 있었다. 나는 친구에게 물었다. "뭐 해? 같이 나갈래?" 친구는 아무런 대답도 없이 무표정으로 서 있었다. "안 타?" 물었다. 그때였다. 친구가 갑자기 눈앞에서 투명인간처럼 사라져버렸다. 영화에 나오는 것처럼, 사람 자체가 그 자리에서 사라진 것이다. 내가 잘못 본 건가? 깜짝 놀란 나는 닫힌 엘리베이터 문을 다시 열었다. 그랬더니 친구가 다시 그 자리에 서 있었다. "뭐야. 너 이상해." 나는 두근거리는 가슴을 쓸어내리고 엘리베이터 문을 닫았다.

산책을 다녀와서 보니 친구는 아까와 같은 자세로 앉아 명상을 하고 있었다. 나는 친구에게 물었다. "아까 왜 나왔어. 깜짝 놀랐잖아." 친구가 나를 보고 말했다. "무슨 소리야. 나 계속 집에 있었는데." 나는 소름이 끼쳐 그 자리에 주저앉고 말았다. 내림굿을 받은 후였지만, 아직도 그때를 생각하면 무서워진다.

무당도 가끔 귀신이 무섭다. 그 존재는 내 친구였을까, 귀신이었을까? 내 친구가 명상을 깊이 한 나머지 유체이탈을 했던 것일까, 아니면 내 친구를 흉내 내는 귀신이었던 것일까? 아직도 알쏭달쏭하다.

숨는 귀신

×

귀신은 손님의 얼굴 뒤에 숨어서 나를 찾아오기도 한다. 하고 싶은 말이 있는 귀신, 듣고 싶은 말이 있는 귀신들이 숨어 있다가 나를 보고 대신 말을 전해달라고 표현하기도 한다. 나는 손님의 이야기를 들으면서 손님 뒤에 숨은 귀신의 사연을 알아차리고 그들을 달래준다.

한 손님이 나를 찾아왔을 때였다. 손님이 오기 전부터 몸이 으슬으슬했다. 손님을 마주했을 때 나는 깜짝 놀랐다. 손님의 얼굴은 하나인데, 두 개의 얼굴이 겹쳐서 보이는 것이었다. 손님이 아닌 다른 존재가 함께 있는 모습이었다. 나는 그것이 귀신이라는 걸 직감했다. 손님에게 물었다. "혼자 오셨어요?" 손님은 눈을 동그랗게 뜨고 "네?" 물었다. 혼자 온 걸 봤을 텐데 왜 그걸 물어보느냐는 뜻이었다. 그때였다. 손님에게 겹쳐 보이던 다른 얼굴이 뒤로 쏙 숨는 것이었다. 나는 기도하며 점사를 봤다. '숨지 말고 나오세요. 저는 당신을 해치지 않아요.'

곧이어 손님 뒤에 숨었던 귀신의 정체가 밝혀졌다. 손님은 친하게 지내던 친구가 죽은 후 몇 년 동안 우울증에 시달리다가 답답한 마음에 나를 찾아왔다고 말했다. 손님 곁을 떠났던 오랜 친구가 손님에게 붙은 채 구천을 떠돌고 있었던 것이다. 나는 손님에게 말했다. "친구분이 와 계시니까 해주고 싶은 말이 있으면 해주세요." 손님은 깜짝 놀라며, 친구에게 하고 싶던 말을 해주었다. 손님의 눈에서 눈물이 흘렀고, 눈물과 함께 겹쳐 보이던 친구의 얼굴도 서서히 사라졌다. 손님과의 상담을 마친 후 나는 향을 피우고 창문을 열면서 말했다. "이제 숨지 말고, 구름처럼 자유롭게 날아가세요. 어디든요."

우는 귀신

×

나에게 찾아오는 귀신은 대부분 여성이다. 어린 시절 성폭력을 당했거나, 원치 않는 임신을 하고 버림받았거나, 남편에게 빗자루로 맞아 죽었거나, 오래전 마녀로 몰려 불에 타 죽은 여성들이다. 그들은 손이 없어서 쓰지 못하고, 발이 없어서 마음대로 나가지 못한다. 나는 그들의 발에 맞추어 행동하고 그들의 손을 빌려 글을 쓴다.

페루에 있을 때였다. 어느 날, 부엌 한편에서 한쪽 눈이 없는 여자가 보였다. 여자는 한쪽 눈으로 눈물을 주루룩 흘리며 나를 바라보았다. 나는 깜짝 놀라 제자리에 얼어붙었다. 꿈이길 바랐지만 내겐 꿈이 아니었다. 그리고 영화처럼 그녀의 사연이 주르르 스쳐갔다. 그녀는 남편에게 빗자루로 맞아 죽은 사람이었다.

그녀를 마주한 뒤 나는 무언가에 홀린 사람처럼 맨발로 밖으로 나갔다. 발길이 가는 대로 걷다 보니 페루 리마의 산 크리스토발 언덕에 있는 한 빈민가에 닿았다. 아주 큰 흙산 주변으로 집들이 빽빽이 들어선 마을이었다. 그곳에서 길을 걸어가는 동안 나는 많은 여성에게 빙의되었다. (지금 돌이켜보면 빙의지만 그때 당시에는 그 존재들이 모두 나라고 느꼈다.) 내 입에서는 낯선 여성들의 목소리가 쉬지 않고 나왔다. 지나가다가 누군가 눈에 보이면 그녀에게 빙의되어 목소리를 냈다. 아주 어린 여자아이의 목소리로 애원하기도 했고, 나이 지긋한 할머니의 목소리로 호통치기도 했다. "그때 왜 그랬어 오빠." "이놈아 내가 그때 얼마나 아팠는지 알아?"

엉엉 울면서 길거리에서 소란을 일으키던 나는 누군가의 신고로 경찰들에게 붙잡혀 유치장에 가게 되었다. 유치장으로 가는 동안 창문에 비친 내 모습을 봤다. 종일 씻지 못한 얼굴과 엉킨 머리카락, 맨발 차림에 시커메진 발바닥. 내가 어린 시절 두려워하던 그 여자, 영락없는 귀신의 모습이었다.

갇혀 있는 동안 기도를 했다. 너무 많은 영혼이 내게 다녀갔기 때문이다. 유치장에서 나와 근처에 있는 밥집에서 식사했다. 따뜻한 옥수수 수프를 먹으면서 내게 다녀간 영혼들을 달래주었다. 그리고 무사히 집으로 돌아왔다. 먼저 시커메진 발을 깨끗하게 씻겨주었다. 손도 깨끗이 닦았다. 내게 다녀간 그들은 분명 낯선 얼굴과 목소리를 가진 다른 사람들이었지만, 그들의 억울함이 내게 닿았다. 그때 나는 그들이 또 다른 나라는 걸 느꼈다. 그들의 한을 풀어주는 동안, 나의 한도 연기가 되어 바람에 실려 날아갔다. 몸도 마음도 한껏 가벼워진 느낌이 들었다.

페루에서 빙의를 체험한 후 나는 죽은 사람이든 산 사람이든 그들의 아픔에 공감해주는 작은 자리를 마련할 거라고 다짐했다. 지금 이 순간에도 공감받지 못하고 밀려나는 존재를 위해 내가 보고 느끼는 것을 쓰겠노라고.

일상 속 귀신들

✕

어렸을 때 나는 겁이 많았다. 특히 내가 두려워했던 건 바퀴벌레처럼 다리가 많은 곤충, 아무도 없는 집, 어두운 밤이었다. 그중 으뜸은 귀신이었다. 「전설의 고향」에 나오는 '처녀 귀신'의 얼굴은 밤마다 둥둥 머릿속을 떠다녔다. 자기 전에 누워 있으면 가로등 불빛에 그림자 진 나뭇가지가 벽에 나타났다. 그 그림자가 머리 푼 여자의 모습으로 보였다. 그럴 때마다 나는 엄마 품에 얼굴을 묻고 자장가를 들으면서 겨우 잠들었다.

여러 귀신을 만나면서 나는 점점 귀신이 무섭지 않아졌다. 억울해서 생에 미련을 놓지 못하고 구천을 떠도는 존재가 귀신이다. 풀어야 할 것이 남아 있어서 떠나지 못하는 것이다. 그들은 누군가 자신의 억울함을 풀어주고 이야기를 들어주길 바란다. 그걸 알게 된 후 귀신이 무섭기보다는 그들의 이야기가 궁금하다. 그는 어떤 한을 풀지 못했을까.

귀신은 생각보다 일상적으로 우리와 함께한다. 사람뿐 아니라 사물과 동물에도 귀신이 붙는다. 도깨비가 빗자루에 붙어 있다가 밤이면 귀신으로 변해 사람들을 해코지한다는 이야기가 있다. 빗자루뿐 아니라 만물에 혼이 깃들어 있기 때문에, 죽은 것처럼 보이는 사물에도 혼이 머문다. 그래서 집 안 구석구석 청소를 잘해줘야 하고, 먼지가 많이 쌓인 곳에 있는 물건들은 주기적으로 잘 정화하고 정리해야 한다.

일상에서 함께하는 여러 귀신들을 나는 손님들이라고 부른다. 실제로 손님의 '손'이 귀신을 뜻한다는 말도 있다. 옛날부터 우리 조상들은 귀신을 우리를 방문하는 손님으로 받아들이고 그들과 공존하려는 노력을 해왔다. 처마에 고추를 매달고, 빗자루를 대문 옆에 세워놓고, 마당 모퉁이에 흰밥을 갖다 놓는 식으로 말이다. 공기처럼 존재하는 이 귀신들을 내쫓으려고만 하는 게 아니라 어떻게 하면 조화롭게 살아갈 수 있을까를 고민하고 실천하는 것은 무당의 일이기도 하다.

지금은 귀신이나 다리 많은 곤충, 밤보다 살아 있는 사람이 무섭다. 누군가를 해치는 이, 그걸 자랑으로 이야기하는 이, 누군가에게 져본 적이 없는 이, 차별이 없다고 당당하게 말하는 이, 함부로 타인을 판단하고 평가하기 바쁜 이가 나는 무섭다. 사람이 가장 무섭다던 옛말은 참말이다.

2

그래도 나는 여전히 나인걸

무당을 무당이라 부르지 못하고 …

반려인들 사이에서 내 별명은 '글샤'다. 풀어서 글로벌 샤먼이기도 하고, 글 쓰는 샤먼이기도 하다. 무당이라고 하면 왠지 어감이 토속적인데, 샤먼이라고 하면 신비롭고 세련된 이미지를 입는 것만 같다. 그래서 나는 한동안 나를 샤먼이라고 불렀다.

"안녕하세요. 샤머닉 아트(샤머니즘 예술)를 하는 홍칼리입니다."

해외에서 생활할 때는 무당이라는 말 대신 샤먼이라고 자신을 소개했다. "안녕. 나는 한국에서 온 샤먼이야." 그러면 사람들은 정말 멋지다고 반응했다. "와우, 원더풀!" 그런데 한국에 돌아와 나를 샤먼의 한국말인 무당으로 표현하자 사람들은 전혀 다르게 반응했다. 의심의 눈초리, 그런 거 미신 아니냐는 비꼼. 이런 반응을 보면서 왜 샤먼은 멋지다는 말을 듣고, 무당은 비하의 대상이 되는지 궁금했다.

나는 유튜브 채널 '홍칼리'를 운영하고 있다. 주간 운세와 신년 운세도 올리고, 여러 사연을 받아 상담하는 상담 영상과 무당의 일상이 담긴 브이로그도 공유하는 채널이다. 내 채널의 가장 단골 구독자는 아마 아빠일 거다. 아빠는 내 영상의 조회 수가 몇이며, 어떤 콘텐츠가 인기 있는지, 앞으로 무엇을 올리면 좋겠는지 적극적으로 모니터링하고 조언한다.

하루는 아빠에게 메시지가 왔다. "칼리야, 이번 영상에서는 무당이라고 말했더라. 다 좋은데, 무당이라고 하지 마라. 너는 무당 말고 샤먼이라고 해야 해. 서양의 엘프처럼 말이야. 그런 이미지로 나가면 좋을 것 같다."

아빠에게 말했다. "무당을 영어로 하면 샤먼인데요?" 나는 샤먼이나 무당이나 같은 말인데 그것을 바꾸라고 하는 아빠의 말이 웃겨서 깔깔 웃었다. 이상했다. 왜 무당을 무당이라고 부르지 못하고 샤먼이라고 불러야 할까. 혹은 엘프……? (엘프는 종이 다르지 않나?) 아빠가 대답했다. "무당은 미신 같아 보이고 믿음을 주지 못하니까 그렇지."

어떤 사람들은 무당을 높여 부르는 말로 만신님, 보살님이라고도 한다. 무당이라고 하면 무당을 낮춰서 부르는 말처럼 된다. 왜일까? 샤먼을 한국어로 바꾸면 무당이다. 샤먼의 어원은 '보는 자'다. 모든 것을 보는 자. 무당의 어원은 '묻는 자'다. 모든 걸 보는 위치의 샤먼이라는 단어도 좋지만, 묻는 사람을 뜻하는 무당도 나는 좋다.

한국의 무당은 왜 묻는 사람이라는 뜻을 가지게 되었을까? '무당' 하면 느껴지는 이미지는 물어보기보다는 술술 답을 말해주는 모습일 거다. 하지만 무당은 손님이 왔을 때 손님에게 묻고, 신령에게도 묻고, 스스로에게도 물어보는 자다. 그렇게 수행을 해나가는 사람이라는 뜻이 아닐까.

얼마 전, 2년 동안 무당 일을 하다가 은퇴한 친구가 내게 물었다.

친구 　칼리는 왜 스스로가 무당이라고 생각해요?

칼리 　음…… 내림굿을 받고 점사를 보고 있으니까요? 사실 무당이라는 직업도 제가 입는 역할 옷 중 하나라고 생각해요. 왜 무당이 되었나 생각해보면…… 저는 편견을 부수는 것이 재미있어요. 무당이라는 옷에 묻은 편견을 벗겨내고 싶어서 무당이 된 것 같아요.

친구에게 말한 대로 무당이라는 직업은 내 역할 옷 중 하나다. 나는 무당이지만 무당이기만 하진 않다. 글을 쓰고 그림을 그리고 춤추는 사람이기도 하다. 요리하는 사람이고 멍멍이를 사랑하는 사람이기도 하다. 소외된 이야기에 관심이 있어서 그것을 드러내는 작업을 해왔다.

신내림을 받기 전, 내가 '글 쓰고 그리는 사람'이라고 자기소개를 하면 사람들은 "정확히 어떤 일을 하는 사람이지요……?"라며 알쏭달쏭한 표정을 지었다. 그런데 그 수식어에 '무당'이 추가되자마자 반응이 달라졌다. 알쏭달쏭한 표정은 사라지고 어색한 표정을 지으며 조심스럽게 입을 뗀다. "앗, 그러시군요. 전혀 몰랐어요." 그리고 이어지는 말들. "말투가 너무 다정해서 무당 같지 않아요." "무당같이 생기지 않으셨네요." "보기와 다르게 사연이 많으셨나 봐요." "저는 그런 거 믿지는 않지만……."

무당이 되기 전과 후, 내가 듣는 말은 이렇게 달라졌다. 왜 이렇게 다른 말을 듣게 되는 걸까. 나는 예술가와 무당이 다르지 않은 직업이라고 생각한다. 한과 흥을 표현하는 직업이라는 점에서 그렇다. 그림을 그려 부적으로 사람들에게 나누고, 춤으로 흥을 나누고, 글과 말로 소통하고, 소외되고 억압받는 존재들의 한을 풀어주는 사람이 무당이다.

무당의 예지력, 초인적 능력만 조명받는 사회의 분위기와 다르게, 무당은 옛날부터 공동체의 한을 풀고 흥을 나누는 굿을 해오던 문화기획자였다. 내가 좋아하는 무당 고 김금화 선생님은 이런 말을 했다. "굿은 종합예술이에요. 편견을 내려놓고 허심탄회하게 즐기는 종합예술로 바라봐줬으면 좋겠어요." "무당도 결국 됨됨이가 중요하다"고 강조하던 그녀는 길 위에서 세월호 참사 희생자들을 애도하는 추모굿을 하기도 했다.

나는 세상이 궁금하고 다른 이들이 궁금해서 표현을 시작했다. 그 연장선에 무당이 있다. 당신을 꿰뚫는 게 아니라, 당신도 잘 모르는 당신의 사연을 만나고 싶어서 무당이 됐다. 사람들과 소통하고 흥과 한을 나누는 직업을 가진 무당 스스로가 자신의 이야기를 해야 기존의 이미지를 넘어 내가 존재할 수 있을 것 같다. 내가 이 글을 '무당 일기'라고 부르는 이유도 그렇다. 무당이라는 이름표에 묻은 이런저런 편견을 물어보고, 나아가 따져보면서 얼룩을 벗겨내고 싶다. 아무렇지도 않게 흥얼흥얼하면서 말이다. 그래서 이렇게 내 몫의 이야기를 시작한다.

"안녕하세요. 저는 무당 홍칼리입니다."

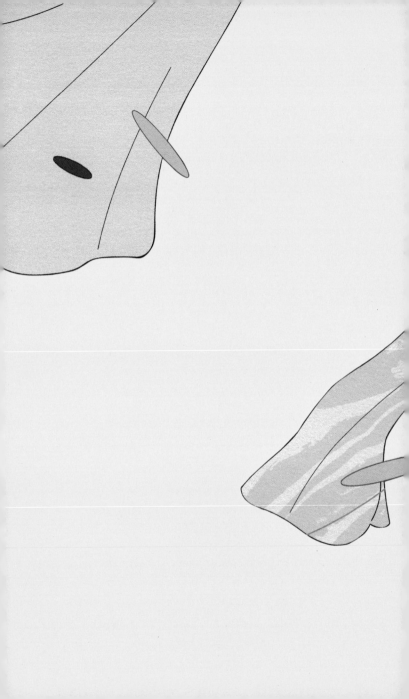

모태 신앙 무당

"어머, 등 뒤에 십자가가 떡하니 있네!"

내림굿을 할 때 신 선생님이 방방 뛰고 있던 나에게 말했다. "십자가요? 아, 나 교회 다녔었지." 나는 엄마 배 속에서부터 교회에 다닌 모태 신앙 출신이다. 엄마는 어려서부터 교회에 다녔고 독실한 크리스천 집안이어서 친척들이 줄줄이 목사, 권사, 전도사였다. 어릴 때부터 나는 무당이 미신을 좇는 사람들이라고 배웠다. 빨간 깃발이 달린 신당을 지나갈 때는 "(하나님이 아닌) 귀신을 믿는 사람"이라는 말을 들었고, 한복을 입고 지나가는 무당에게 "지옥에 떨어질 사람"이라고 중얼거리는 말도 들었다. 나에게 무당은 그 자체로 큰 죄를 저지른 사람이었다.

그런 내가 내림굿을 받았다니, 웃음이 나왔다. 내림굿을 한 다음 날, 신 선생님이 함께 가보면 좋겠다며 경전을 공부하는 모임을 소개해주었다. 우리가 찾아간 날은 마침 성경을 읽는 날이었다. 신 선생님은 내게 말했다. "어머, 성경을 공부한대! 칼리는 좋겠다." 나는 웃으면서 사람들을 둘러봤다. 모임에는 나의 신 선생님을 포함한 무당, 법복을 입고 온 스님, 십자가 목걸이를 한 기독교인 등 다양한 종교를 가진 사람들이 있었다. 돌아가면서 자기소개를 하는 시간, 나는 말했다. "저는 어제 내림굿을 받은 무당입니다. 여기 모인 분들 모두 종교는 다르지만 계속 질문하고 공부하는 사람들이라는 점에서 공통점이 있다고 느껴요. 함께 공부할 수 있어서 기뻐요."

모임을 마치고 우리는 근처 먹자골목의 맛집에 찾아갔다. 가게 담벼락에는 커다란 그라피티가 그려져 있었다. '신들도 반한 그 맛'이라고 적힌 문구 위에 유대교의 랍비, 부처님, 외계인, 예수님, 힌두교의 시바신이 둘러앉아 밥을 먹고 있었다. 가운데에 떡하니 자리한 외계인은 후광을 품은 채 면발을 먹는다. 그림을 보고 피식 웃음이 나왔다.

모임을 함께한 우리도 둘러앉아 밥을 먹었다. 밥을 먹는 중에 옆에 앉아 있던 들꽃이 여러 종교의 경전을 공부하게 된 사연을 말했다. "저는 오랫동안 교회에서 일했어요. 무보수로 온갖 살림을 맡아왔죠. 이런 방식이 정말 하나님의 방식인가 의문을 가졌지만, 교회에서 제 의견을 받아주지 않았어요. 제 생각 자체가 위험하고 미신이라고 했어요.

그래서 교회를 나왔죠. 지금은 이렇게 공부 모임 하면서 혼자 수행하고 있어요." 반가운 마음에 나는 "저도 모태 신앙이었어요!"라고 말한 뒤에 신 선생님의 눈치를 살피면서 조용히 덧붙였다. "지금은 무당이지만요. 헤헤."

나도 들꽃처럼 교회에 열심히 다니던 시절이 있었다. 여섯 살에 교회 앞 그네에 앉아 밤하늘의 별을 바라볼 때면 하나님과 내가 연결되어 있다는 온전함을 느끼며 찬송가를 흥얼거리곤 했다. 초등학생 때는 크리스마스만 되면 리코더를 불며 합주했고, 교회에서 만난 전도사와 친구들도 무척 좋아했다. 내가 교회에 안 나가게 된 건 2008년 광우병 쇠고기 촛불집회가 한창이던 무렵이었다. 당시 담임 목사는 집회에 나가는 나를 나무랐다. "집회 같은 거 나가지 마라. 다 하나님의 뜻이 있으니 소용없는 일이다. 그분의 뜻이 있는 거야."

이후 나는 여러 가지가 불편해졌다. 여성에게는 아내의 역할을 가르치고, 남성에게는 가부장의 역할을 가르치던 성차별적인 설교 시간도, 질문 자체를 거부하거나 '그런 건 미신'이라는 똑같은 답변을 듣게 되는 일도 부대꼈다. 그렇게 열여덟 살에 교회를 나오게 되었다. 이후 혼자서 기도하고 글 쓰며 나름의 신앙생활을 이어오고 있었다. 들꽃도 나처럼 질문이 많아서 교회를 나오게 되었다. 관습을 의심한다는 이유로 '미신'에 현혹되었다는 오명을 쓰고, 질문한다는 이유로 믿음이 부족하다는 손가락질을 받으며 교회를 나온 우리였다.

'신들도 반한' 맛있는 식사를 마치고 집으로 돌아오는 길, 발걸음이 가벼웠다. 들꽃은 매일 새벽 3시 30분에 일어나 글을 쓰면서 하루를 시작한다고 했다. 들꽃의 고요한 새벽이 상상돼서 미소가 번졌다.

내림굿을 받기 전, 내가 가장 먼저 찾아간 곳도 교회였다. 성별 이분법적이거나 성차별적인 교리를 경계하고, 소외된 존재와 연대하는 교회 공동체여서 이곳이라면 내 고민과 망설임을 이해하고 대화할 수 있을 것 같았다. 목사님은 연보라색 스카프를 하고 환한 미소로 나를 맞아주었다. 목사님과 눈이 마주치자마자 눈물이 흘렀다.

칼리	목사님, 저는 오랫동안 정신적으로 지치고 힘든 시간을 겪고 있어요. 환시와 환청을 겪기도 하고요. 여러 정신과에 찾아가도 방법을 찾지 못했어요. 지푸라기라도 잡는 심정으로 신내림을 받을지 고민하고 있는데, 제가 모태 신앙이었거든요. 내림굿을 받으면 죄를 짓는 걸까요?
목사님	저는 어떤 길로 가도 괜찮다고 생각해요.
칼리	정말 그래도 괜찮을까요?
목사님	세상에는 정말 좋은 무당도 있어요. 차별에 반대하고 소외된 존재와 연대하는 무당도 존재해요. 칼리 씨도 그렇게 할 수 있을 거예요.

목사님은 따뜻한 눈길로 나를 바라보며 단단한 목소리로 말했다. 내림굿을 받아야 할지 고민하는 내게 어떤 길로 가도 괜찮다고 토닥여주었다. 무당이 되기로 선택한 나를 꼭 안아주던 목사님처럼, 나도 십자가를 끌어안은 무당이 될 수 있을 것 같았다.

무당도 망한 연애를 한다

미래를 점치고 타인의 연애 운은 물론, 연애 상대가 바람을 피우고 있는지도 알아맞히는 무당. 그런 무당은 연애도 잘할 거라는 편견이 있다. 혹은 무당은 아예 연애를 안 한다는 편견도 있다. 그런 편견과 다르게 나는 연애를 했었고, 그것도 꽤 많이 했고, 대부분 망한 연애를 했다.

4년 동안 만났던 나의 전 애인은 예술을 하는 사람이었다. 전형적인 가난한 예술가의 사주를 가진 그 사람은 돈이 없었고, 가진 거라고는 순수한 마음과 예술가적 기질과 충동성뿐이었다. 우리는 함께 반지하에 살면서 내가 버는 수입으로 밥을 벌어 먹고살았다. (이런 식으로 애인이나 남편을 먹여살리는 무당들이 많다.) 나는 이것도 내 팔자려니, 하고 그 사람을 먹여살리고 있었다.

어느 날, 애인과 잠을 자는데 꿈에 동녀가 나왔다. 동녀와 나는 꽃밭에서 춤을 추고 놀았다. 그런데 함께 놀던 동녀가 갑자기 눈을 동그랗게 뜨고 나에게 말했다. "쟤 OO이랑 잤어!" 내 애인을 두고 한 말이었다. 나는 동녀의 목소리에 깜짝 놀라 잠에서 깼다. 옆에서 자고 있던 애인을 흔들어

깨우고는 말했다. "나에게 말하지 않은 거 있지. 말해줘."
애인은 놀란 토끼 눈을 하더니 이내 이실직고했다. 나와
친한 동생과 바람을 피웠던 것이다. 애인은 그동안 거짓말
을 해서 미안하다며 잘못했다고 싹싹 빌었고 나는 울면서
화를 냈다. 배신감에 떨면서 헤어져야겠다고 생각했다.

그렇게 끝난 이야기면 좋으련만, 헤어진 지 일주일 만에
우리는 재회했다. 무당이면 뭐 하고 신령이 알려주면 뭐
하나. 결국, 내 마음대로 다시 그 사람을 만났다. 우리는 자
주 다퉜다. 처음과 다르게 애인은 나와 싸울 때 의자를 던
지거나 밀치기도 했다. 물리적인 폭력을 쓰기 시작한 것이
다. 그럴 때마다 나는 격노해서 다시는 안 보겠다고 마음
먹고 헤어지곤 했지만, 다시 만나기를 반복했다. 데이트폭
력을 당하면서도 헤어지지 못하는 손님들을 상담할 때는
"무조건 헤어지세요"라고 말하는 내가, 정작 내 상황일 때
는 헤어지지 못하고 있었다.
헤어졌다 다시 만나던 일 년 동안 우리는 미친 듯이 싸우
다가 화해하기를 반복했다. 싸울 때마다 헤어지겠다고 결
심했지만, 결심은 오래가지 못했다. 그동안 몸 정, 마음 정

이 들어서 헤어지기가 너무 어려웠다. 우리는 일 년 후에야 여러 사건과 갈등을 겪으면서 멀어졌고 마침내 완전히 헤어지게 되었다.

나를 찾아오는 손님들은 망한 연애를 많이 했다며 한탄한다. 그럼 나는 대답한다. "무당인 저도 망한 연애 하는걸요." 망한 연애의 경험 덕분에 나는 겸손하게 연애 운 점사를 볼 수 있게 되었다.

전 애인을 통해 교훈을 얻고 결심했다. 나의 촉을, 그리고 신령님이 하는 말을 믿고 따르리. 다시는 망한 연애를 하지 않으리. 나는 연애가 고플 때 가끔 틴더를 열어본다. 작년, 너무 외로웠던 겨울에는 틴더로 열세 명을 만났다. 열세 명까지만 만나보겠다고 결심한 터였다. (숫자 13은 마야 달력에서 우주를 한 바퀴 도는 숫자다.)

그중 눈썹이 진하고 이마가 넓은 사람을 만난 적이 있다. 시원해 보이는 관상이었다. 분명 젊은 나이인데, 눈빛은 할아버지 같았다. 힘없이 풀려 있는 눈을 보며 독하거나 악한 사람은 아니라고 느꼈다.

첫인상을 통과한 그에게 생년월일을 물어봤다. 사주를 펼쳤는데 나와 충돌하는 기운이 가득했다. 나는 그 사람에게 말했다. "저희는 궁합이 맞진 않네요. 그냥 편하게 대화하다가 헤어질까요?" 그 사람은 동의했고, 우리는 브런치를 먹으면서 시시콜콜한 이야기를 나눴다. 내가 글을 쓰는 무당이라고 하자 그 사람은 "저도 글에 써주시면 안 돼요?"라며 눈을 반짝였다. 나는 속으로 생각했다. '내가 어떻게 쓸 줄 알고……?' 그래서 지금 그 사람에 대해 쓰고 있다. 우리는 브런치를 먹고 사이좋게 헤어진 후 다시 연락하지 않았다.

그 많은 사람 중에서 딱 한 사람, 친구로 지내면 좋을 사람을 빼고는 모두 나와 기운(궁합)이 맞지 않았다. 관상이 좋지 않거나, 목소리가 튀거나, 예의가 없었다. 다 마음에 안 들어왔다. 느낌이 딱 오는 사람도 없었다. 그들도 내가 그랬으려나……? 내가 무당이라고 소개하면 하나같이 당황하며 물었다. "무당인데 연애해도 되나요?" 그럼 나는 웃으며 대답했다. "연애할 만한 사람이 있다면 해도 되죠."

문제는 아직 그런 사람을 찾지 못했다는 것뿐이다.

아니, 문제랄 것도 없다. 지금은 마음에 드는 사람을 만나면 이대로 우정을 나누며 지내고 싶지, 굳이 나의 연인으로 묶고 싶은 욕망이 생기지 않는다. 무엇보다 내게는 우정을 나누는 식구들, 친구들, 손님들이 있어서 외롭지 않다. 그래도 가끔 외로워질 때는 슬며시 틴더 앱을 깔았다가, 다시 지웠다가 한다. 이것도 열세 번은 반복한 것 같다.

안녕. 나의 망한 연애들이여.

커리와 나

지난가을, 오랜 동료 수국이 집에 놀러 왔다. 몇 년째 이어온 취업 준비로 지친 수국은 나에게 상담도 받을 겸 오랜만에 집에 놀러 오고 싶다고 했다. 현관문을 열자 반려견 커리가 수국을 향해 꼬리를 흔들며 달려갔다. 금세 커리와 친해진 수국은 "저는 고양이와 함께 살아서 멍멍이의 격한 환영이 생소해요"라며 웃었다. 바닥에 털썩 주저앉은 수국은 커리의 작은 발바닥을 만지면서 내게 물었다.

수국   근데 신기하네요. 무당이 강아지와 함께 있는 모습은 처음 보는 것 같아요. 왠지 무당은 혼자 살거나, 개보다는 고양이가 어울린다고 생각했거든요.

칼리   맞아요. 그렇게 보는 사람들이 있죠. 제가 반려견과 함께 산다고 하면 놀라는 사람들을 자주 봤어요. 아마 무당은 독불장군처럼 혼자서 살 팔자라고 생각하는 걸까요……?

수국   드라마에서도 무당은 늘 기 센 여자가 무슨 일이든 해내는 모습으로 나오잖아요. '돌봄이나 교감 같은 건 필요 없다!' 같은 느낌으로요. 그래서 저도 편견이 있었나 봐요.

칼리	정말요. 그리고 강아지보다는 고양이와 함께 살 거라고 생각하기도 해요. 수국도 고양이와 함께 살아서 알겠지만, 고양이가 영물이라는 말도 있는 것처럼요.
수국	맞아요. 고양이는 영물이라는 말 많이 들었어요.
칼리	고양이는 영물이라는 식으로 신비화되고 대상화되는 것 같아요. 그런 이유로 길고양이를 학대하는 사람들도 있고요.
수국	그렇죠. 저희 할머니도 고양이를 보면 재수 없다고 싫어했어요.
칼리	고양이를 보고 발로 차는 것처럼, 무당이 사는 신당 깃발을 보고 재수 없다며 침을 뱉는 사람도 있어요. 그런 점에서 저는 고양이와 무당의 처지가 비슷하다고 느끼기도 해요.

수국과 나는 고개를 끄덕이며 생각에 잠겼다. 공포 영화나 스릴러 소설에서도 단골 소재로 쓰이는 고양이. 영화 「콘스탄틴」에는 고양이의 눈을 통해 저승으로 들어가는 장면이 나온다. 에드거 앨런 포의 소설 『검은 고양이』에서도

고양이가 등장한다. 고양이는 아내를 살인한 주인공의 예민함을 대변하는 이미지로 그려진다. 영화「고양이 : 죽음을 보는 두 개의 눈」에서도 고양이는 죽음을 보는 눈으로 나온다. 고양이와 살인, 저승, 귀신은 함께 검색되는 단어들이다.

수국의 질문과 반대되는 질문을 받기도 한다. "무당이라서 강아지를 키우는 건가요?" 고양이가 귀신을 보는 영물이라면, 개는 귀신을 쫓는 장군 같은 이미지가 있다. 귀신을 쫓는 개는 민간설화에도 자주 등장한다. 도깨비에 홀려 헤매는 사람에게 길을 찾아주는 백구 이야기, 불난 집에 혼자 남은 주인을 구해낸 강아지 이야기가 얼마나 많은가!

커리는 내가 좋아하는 인도 음식 카레(커리)에서 따온 이름이다. 내가 칼리라서 '리' 자 돌림으로 붙여준 이름이기도 하다. 커리는 허공에 대고 짖지 않는다. 아마 귀신을 보는 개는 아닌 것 같다. 대신 커리에게는 탁자 위에 놓인 떡을 집어다가 신발 안쪽에 감추는 영리함이 있다. 커리는 운동신경이 좋다. 커리와 내가 바닷가 동네에서 함께 살 때, 우

리는 바다 수영을 즐기곤 했다. 물을 두려워하지 않고 파도에 몸을 맡기는 커리. 커리가 끝없이 펼쳐진 모래사장을 거침없이 질주할 때는 "썬더"라고 부르기도 했다. "썬더! 달려!" 커리는 주의가 산만해서 날뛰다가 다친 적도 있지만, 나와 다르게 잔병치레는 거의 하지 않는다.

굳이 수식어를 붙이자면, 커리는 귀신을 보는 개가 아니라 보호자인 나를 잘 지켜보는 개다. 나는 커리의 보호자지만, 커리도 나를 돌본다. 커리와 산책하러 다녀오면 나는 흙이 묻은 커리의 작은 발바닥을 닦아주고, 드라이어로 말려준다. 내가 아플 때 커리는 귀신같이 알아차리고 나의 얼굴과 손을 핥아준다. 그런 커리의 체온에 통증을 잠시 잊는다.

나와 커리는 세상 많은 존재가 그렇듯 혼자 우뚝 솟은 게 아니라, 연약한 몸으로 누군가에게 의지하며 살아가고 있다. 그러니까 내가 커리와 함께 사는 이유를 굳이 말하자면, "우리가 서로에게 필요한 존재여서요"라고밖에 답할 수 없다. 무당도 돌봄을 나누며 살아가는 지구의 구성원 중 하나라는 걸, 나는 이 새삼스러운 사실을 꼭 짚어야 한다.

7시 기상, 꿈 일기 쓰기, 기지개, 양치, 물 마시기, 비트 주스 마시기, 커리 산책, 커리 발 닦기, 커리 눈곱 떼고 털 빗기, 기도와 명상, 기도문 쓰기, 걸레질하고 빨래하기. 나의 아침 일과다. 기상 후 가사 돌봄 노동 중에서 가장 시간이 많이 드는 건 반려견 커리를 돌보는 일이다. 하지만 아침 일과 중 제일 설레고 기분 좋은 시간도 커리와 산책하러 나가는 시간.

커리는 산책길에서 만나는 모든 나무 앞에 가서 냄새를 맡아본다. 어제는 이쪽 나무에 인사드리고, 오늘은 저쪽 나무에 인사드린다. 나보다 '지금'에 예민한 커리에게는 매일 같은 산책길도 매일매일 다른 냄새와 색채로 가득한 새로운 곳일 거다. 커리가 지금을 어떻게 느낄까 상상하면서 산책을 하다 보면 익숙한 길들이 낯설게 보이는 순간을 선물 받는다.

아침 가사 돌봄 노동이 끝나면 향을 피운다. 나를 찾는 또 다른 외로운 존재를 만나 상담하기 위해, 오늘도 나는 방 안에 미리 향을 피워두었다. 방 안 가득 향을 피우고 문을 닫으면 커리가 문 앞에서 낑낑거린다. 나는 결국 기도를 하다가 말고 커리가 보고 싶어서 방문을 열고 커리의 얼굴을 본다. 아무래도 오늘은 커리를 품에 안은 채 상담을 시작해야겠다.

읽는 무당

"나는 책을 보면 하품이 나와. 그래서 책을 안 봐."

책을 읽고 있는 내 옆으로 살며시 다가온 신 선생님이 말했다. 그녀는 위로 찢어진 큰 눈을 가졌는데, 처음 눈이 마주쳤을 때 나는 그녀가 도깨비 같은 인상이라고 생각했다. 그런 그녀가 뗀 첫마디는 기억나지 않지만, 애교 섞인 콧소리는 강렬하게 기억이 난다. 그때부터 나에게 그녀는 귀여운 도깨비 같은 이미지가 되었다. 그녀가 내 신 선생님이 된 건, 내가 힘들 때 내림굿을 해주겠다고 두 팔 걷고 나섰기 때문이다.

책 읽는 내 모습을 신기하게 쳐다보던 선생님은 하품은 신이 들어오거나 나가는 신호라며, 어떻게 책을 읽고 쓰기까지 하냐고 말했다. 처음 신 선생님에게 내 책을 선물했을 때도 그랬다. "야야, 너는 진짜 신기한 짬뽕이다."

무당의 종류는 크게 두 가지로 나눌 수 있다. 강신무와 학습무. 강신무가 내림굿을 통해 무당이 된 거라면, 학습무는 말 그대로 공부해서 무당이 되는 경우를 말한다. 그러니까 선생님의 말은 나는 학습무와 강신무가 짬뽕된 무당이라는 표현이다. 선생님뿐 아니라, 다른 많은 무당이 특별한 학습무가 아닌 이상 책을 가까이할 필요가 없다고 말한다.

내림굿을 하고 얼마 후, 나처럼 최근 내림굿을 받은 애동제자 선녀에게 메시지가 왔다. (애동제자란 신내림을 받은 지 얼마 안 된 무당을 말한다.)

선녀	반가워요. 저는 얼마 전 내림굿을 한 애동제자 선녀라고 합니다. 애동제자 칼리 님의 글을 읽으면서 힘을 받고 많이 배우고 있어요. 저의 신어머니는 책을 읽지 말라고 하셔서 몰래 칼리 님의 책을 읽어요. 그런데 궁금해요. 칼리 님은 책을 읽어도 괜찮나요? 저희 신어머니는 애동제자 때 신령님과 소통하는 연습을 해야 하는 데 책이 그걸 방해하니 읽지 말라고 하시거든요. 이야기할 곳이 없어서 이렇게 메시지 드립니다.
칼리	반가워요, 선녀 님. 신령님과 소통하면서 나의 직관을 믿는 법을 배워야 하는데, 그걸 방해할까 봐

책을 읽지 말라고 말하는 것 같아요. 저도 그런 고민을 했었는데요, 누구의 이야기를 읽는지가 중요하다고 생각해요. 선녀 님이 제 글을 읽고 마음에서 일렁이는 무언가가 있었다면 매체가 어떻든 그것은 신령님의 뜻이자 선녀 님 자신이 필요로 하는 일이라고 생각하고요. 우리 계속 읽고 쓰면서 소통해요. 감사합니다.

답장을 보낸 뒤 생각이 많아졌다. 무당은 책을 읽지 않는 편이 좋다고 말하는 것을 나도 자주 들었다. 신령님과의 소통을 방해하고, 신령님과 소통해서 점을 보는 능력을 방해한다는 이유였다. 어떤 점에서는 일리가 있는 말이다. 나의 직관과 마음을 믿지 못하게 하는 책들이 이미 많기 때문이다. 백인 남성 저자가 쓴 철학적 권위를 얻은 책들, 비장애인 남성 중심의 서사 구조로 이루어진 많은 문학과 비문학이 그렇다.

그런 책을 읽는 동안 나도 모르게 학습하게 되는 편견이 있다. 그것을 경계하기 위해서 옛날부터 무당들은 책을 읽는 대신 저잣거리 아낙네들의 수다를 듣고, 한 서린 흥얼거림에 귀 기울여왔다. 그 흥얼거림이 굿판의 주제가 되었고 구전되어 전승된 게 지금의 서해안 배연신굿을 비롯한 많은 굿거리이기도 하다. 그래서 독서를 하냐 마냐가 중요한 게 아니라 누구의 책을 읽을지가 중요한 선택 같다. 누구의 이야기를 들을 것인지 선택하는 것이니까.

내가 읽은 무속신앙에 관한 책은 김혜순 시인의 『여성이 글을 쓴다는 것은』(문학동네, 2002)이었다. 여성 시인의 언어와 연희를 치른 무당의 언어가 어떻게 비슷한지 이야기한 책이다. 이 책을 읽으면서 나는 내림굿을 받게 된 나의 사연을 언어화할 수 있었다.

> "좌절하고, 불안해하며, 삶의 한계 상황에 봉착한 여성이 신병을 앓는다는 것은 소극적으로 자신의 삶의 질곡에서 벗어나겠다는 의지, 혹은 욕구 그 자체만은 아니다. 절망의 극한 상황에서 창조적 기능을 하는 사람의 자리를 적극적으로 찾아내고자 하는 욕망의 발현이다. 이것이 기존의 남성적 서사 구조를 잘게 부수고자 하는 변주에 대한 욕망이다."
>
> – 김혜순, 『여성이 글을 쓴다는 것은』

옛날에는 여성이 글을 읽고, 표현할 수 있는 직업이 많지 않았다. 그래서 선택한 직업이 기생이나 무당이었다. 기생과 무당은 유일하게 남성들 앞에서 말을 하고, 시를 쓰고, 그림을 그리고, 춤을 출 수 있었다. 말할 힘, 나의 말이 말로 다가갈 힘은 지금의 여성들에게도 절박한 요구다. 무당이 되기로 선택하는 일은 나의 말을 멈추지 않겠다는 다짐이 기도 하다. 나의 말은 다른 이의 말들로 채워지고, 그들의 말에 공명하면서 가능해진다.

나는 다른 무당들의 이야기도 듣고 싶다. 그들은 어떤 경로로 무당이 되었는지, 그 일의 기쁨과 슬픔은 무엇인지, 그들이 만나는 여러 한은 어떤 모습을 하고 있는지. 그 이야기를 따라가면 가장 은밀하고 소외되었던 울음들이 둥둥 떠오를 거다.

땅을 위한 기도

무당도 공부를 한다. 예상하는 것처럼, 신에 관한 공부만 하는 것은 아니다. 나는 요즘 기후위기, 페미니즘, 장애학 등을 공부하고 있다. 지난 5월부터 매주 목요일마다 줌으로 온라인 공부 모임에 참여해왔다. 매주 근황을 나누고, 감사하는 시간을 갖고, 새로운 공부를 한다. 멸종위기에 처한 동물들의 사진을 보며 함께 묵상하기도 하고, 기후위기에 대한 나의 마음을 작품으로 표현하기도 한다. 무당 역시 이 사회의 구성원이다. 계속 내 주변 환경과의 접점을 공부하고 보려는 노력은 무당에게도 하나의 책임이자 권리라고 느낀다.

동물과 식물, 사물에도 존재가 깃들어 있다. 바로 '정령'이다. 정령은 만물에 녹아 존재한다. 땅과 바람, 음식물쓰레기, 책상, 쌀알에도 정령이 숨 쉰다. 그래서 무당은 쌀알을 뿌린 후 '아무렇게나' 배열된 쌀알로 점을 본다. 정령의 기운을 읽고 소통하는 것이다.

정령들에게도 한이 있다. 동물들이 공장식 축산으로 억울하게 죽임을 당하고, 거대 수산업이 만들어낸 떠다니는 플라스틱 섬 때문에 바다의 물고기들이 떼죽음을 당하고, 인간들이 탄소를 배출하면서 공기가 오염되고, 아마존의 숲을 무차별로 벌목하고 산불을 내면서 바람이 오염된다. 이렇게 땅과 바람에 억눌린 정령들이 터져 나오게 된 현상이 코로나바이러스와 미세먼지, 기후위기다. 기후위기는 멀리서 갑자기 오는 게 아니다. 한이 쌓인 정령들이 바깥으로 터져 나오면서 내는 한숨 소리다.

오랫동안 궁금했다. 산업이 성장하고 경제가 성장하려면 누군가의 희생이 정말 필요한 걸까. 나는 땅의 신 파차마마에게 기도드리며 질문했다. "정말 희생이 있을 수밖에 없나요? 희생 없이 공존할 방법은 없나요?" 곧이어 파차마마의 응답이 들렸다. "그래서 사물을 준 거야. 물, 불, 공기, 흙. 다른 말로 나무, 불, 흙, 금, 물. 그러니까 의자 하나도 소중히 다루고 쓰레기 하나에도 신성이 깃들어 있다는 걸 알면 돼. 물건 함부로 대하면 다 되돌아오는 거야. 그래서 지금 지구가 아픈 거고. 사물들도 아픔을 느껴. 그래도 너희가 사용할 수 있도록 인내하고 있는 거야. 그런데 지금 살림이 거덜 나고 있어. 로봇을 만들고 인공지능을 개발하는 것도 다 좋은데, 그 사물 같은 존재들에게도 무의식과 영혼이 깃들어 있다는 걸 잊지 마. 우린(땅은) 너네가 무엇이든 아끼는 마음으로 쓰길 바랄 뿐이야. 너네 때문에 덜덜 떨고 있는 사물들도 있다는 걸, 사물화된 존재들이 울고 있다는 걸 잊지 마. 사물에게 잘하잖아? 그럼 사물이 보답한다, 그게 이치야."

지난 5월, 동대문 디자인 플라자 앞에서 기후위기에 대응하는 '지구를 위한 소풍'이 열렸다. 네 명씩 돗자리를 깔고 앉아 차를 마시거나 그림을 그리고, 바자회를 열었다. 나는 붉은색 천으로 만든 옷을 입고 '붉은 정령' 퍼포먼스를 함께했다. '붉은 정령'은 영국에서 시작된 기후위기 퍼포먼스 그룹으로, 세계 곳곳에서 많은 사람들이 멸종에 저항하는 이름으로 연대하고 있다.

나는 함께한 세 명의 동료들과 4원소를 명상하며 기도를 드린 뒤 붉은 옷을 입고 거리를 행진했다. 아스팔트 바닥에 손바닥을 대고 땅의 진동을 느껴보기도 하고, 고개를 들어 하늘을 바라보기도 했다. 붉은 천들이 바람에 나부낄 때마다 몸이 함께 떨렸다. 함께 울고 웃는 만물의 정령이 느껴졌다.

6년 전, 조류독감 바이러스로 오리와 닭 2천5백만 마리가 살처분되는 일이 있었다. (지금도 이런 일은 반복되고 있다.) 당시 다큐멘터리 「잡식가족의 딜레마」를 만든 황윤 감독님과 여러 동물권 활동가들과 위령제를 열었다. 공장식 축산으로 고통 받던 닭과 오리, 돼지들을 애도하는 자리였다. 나는 목과 얼굴에 닭의 깃털을 빼곡하게 그리고 위령제에서 낭독 퍼포먼스를 했다.

"공장식 축산으로 햇볕 한 줌 못 보고 땅에 묻히는 새들의 비명을 자루에 주워 담고 주워 담아도 새는 비명이 있다. 그 비명을 바이러스라고 부른다."

그때 나는 내림굿을 받기 전이었지만, 이미 억울한 영혼을 달래고 복을 빌어주는 무당의 일을 하고 있었던 게 아닐까.

사물에도 혼이 머문다. 만물은 살아 있다. 나의 작은 신당에 놓은 사물들을 본다. 싱잉볼, 촛대, 향 받침대와 팔로산토 나뭇조각, 나비 방울, 화강암 자석 팔찌, 주문을 적은 노란색 종이, 펜과 오방색 보자기들. 그리고 그 옆에 놓은 사물들을 본다. 물과 컵, 핸드폰과 종이, 연필, 책과 쓰레기들.

부엌에 놓인 가위와 그릇들을 본다. 이 모든 것이 소중한 신물로 보인다. 나는 사물들로 점을 본다. 땅이 내게 말을 건다.

비거니즘을 굿판으로

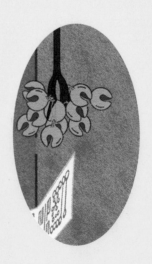

나는 고사리와 시금치 반찬을 좋아한다. 나물 반찬을 먹어야 배가 든든하게 찬다. 채식을 지향하지만 아주 가끔 고기를 먹을 때도 있다. 처음 엄격하게 채식을 고집하던 내가 조금 다른 고민을 하게 된 계기가 있었다.

네팔의 무당 쿠마리를 보러 갔을 때였다. 네팔 카트만두 광장에서 우연히 만난 프리앙카가 자신의 집에 나를 초대했다. 프리앙카의 식구들이 나에게 음식을 대접하고 싶다고 한 것이다. 그날 저녁, 프리앙카의 집에 들어가자 식구들은 분주하게 이리저리 움직이면서 식탁을 차리고 있었다. 식탁에는 황금색 식기들이 있었는데, 그 안에는 양고기 찜과 양고기 수프가 담겨 있었다. 나는 눈치껏 주변에 있는 나물 반찬을 먹어야겠다고 생각했다. 정성껏 차린 밥상 앞에서 거절하기가 미안했기 때문이다. 그때 나를 초대한 프리앙카가 내게 다가와 소곤거리며 물었다. "칼리, 혹시 고기를 안 먹나요?" 나는 그렇다고 대답했다.
식구들이 식탁 앞에 모여 앉자 프리앙카가 다 함께 기도를 하자고 말했다. 프리앙카는 네팔어로 기도문을 말한 후 영어로도 한 번 더 말했다. "저희 앞에 있는 양고기를 감사히 잘 먹겠습니다. 오늘 이런 식탁을 허락해준 양들에게 감사 드립니다." 프리앙카와 식구들은 각자의 기도를 인사로 마무리한 후 나를 기다려주었다. 나도 내 식대로 기도드렸다. 그리고 함께 기도해줘서 고맙다고 말했다.

이 식사에서는 양고기를 먹어도 괜찮을 것 같았다. 감사한 마음으로 양고기를 몇 입 먹은 후 입을 닦았다. 그리고 다시 한번 인사했다. "양을 위해 함께 기도해주셔서 감사합니다. 오늘 식사를 함께할 수 있어서 기뻤습니다." 식사 전에 고요히 기도를 드리는 시간을 경험한 후 나는 초대받을 때 차려진 고기반찬을 가끔 먹게 되었다.

2년 전, 굿을 보러 간 적이 있다. 낡은 집 마당에서 무당이 엉엉 울면서 죽은 사람의 혼령을 달래주었다. 형형색색의 과일과 나물 반찬 뒤에는 돼지 머리 하나가 올라와 있었다. 나는 굿상에 올라가 있는 돼지의 얼굴을 한참 동안 바라봤다. 돼지의 눈에서 눈물이 나는 것 같았다. 이 돼지는 공장식 축사에서 태어나 짧은 평생을 살다가 이곳으로 왔겠지. 죽은 사람의 혼령보다 죽은 돼지의 혼령이 더 아프게 느껴졌다. 그동안 얼마나 힘들었을까. 여기로 도축되어

오기까지 얼마나 춥고 아팠을까.

굿이 종료된 후 무당들은 돼지 머리를 얇게 잘라 머리 고기를 통에 담았다. 나는 그 광경을 보고 있기 힘들었다. 굿판 밖으로 나와 한참을 서성이며 생각에 잠겼다. 그리고 돼지를 위해 기도했다. 돼지를 위한 기도의 시간은 마련되지 않은 굿이 이상하다고 느꼈다. 나는 동행한 신 선생님에게 물었다. "왜 꼭 돼지 머리를 올려야 할까요?" 신 선생님이 대답했다. "그래야 교환이 되니까 그렇지." 사람이 잘되기 위해서는 액운을 받아주는 희생제물을 놓아야만 한다는 것이다.

굿판에는 종종 돼지 머리가 올라간다. 그뿐만 아니라 무당이 신령의 강림을 보여주기 위해 돼지의 창자를 날로 먹거나 살을 뜯기도 한다. 내가 무당이 되기로 했을 때, 가장 고민되었던 건 굿판의 이런 풍경이었다. 이 전통을 따라야할까? 무속신앙에서는 돼지나 소를 죽인 후 병이 치유되거나 막대한 부를 얻게 된 사람들의 이야기를 흔하게 접할수 있다. 신 선생님의 말씀처럼 그런 식으로 에너지가 교환되는 이치가 있을 수도 있다. 하지만 지금도 돼지 머리를 올리는 게 효험이 있는 일일까?

모든 제물에는 대가가 따른다. 제물을 바친 사람은 그보다 배로 다른 이들에게 베풀어야 온전히 자신에게 복으로 돌아올 수 있다. 덕을 쌓으면 복을 받는다는 당연한 말처럼, 굿에도 그런 이치가 작동한다. 굿은 무당이 신을 대접하는 무속의례로, 꼭 신만이 아니라 굿에 참여한 모든 사람을 위해 한을 풀거나 흥을 나누는 축제이기도 하다.

옛날에는 굿을 하는 행위 자체가 먹을 것 없는 동네 사람들에게 베푸는 행위였기에 더 효험이 있었을 거다. 게다가 지금처럼 공장식 축산이 없었기에 굿판에 올라오는 돼지에게도 한이 덜했을 거라고 느낀다. 돼지를 죽일 때는 돼지를 위해 기도를 올렸을 거다. 그 돼지를 나누어 먹으면서 사람들은 감사함을 느끼고, 좋은 에너지를 교환하기도 했을 거다.

하지만 지금은 어떤가. 한국에서 유통되는 대부분의 돼지는 공장식 축산으로 길러진다. 좁고 더러운 축사에서 옴짝달싹하지 못하고 먹기만 하다가 살 수 있던 생보다 훨씬 짧게 머물고는 죽임을 당한다. 이제는 손쉽게 값싼 돼지고

기를 구할 수 있다. 그들은 효험 있는 '제물'이 아니다. 이미 이 세상의 희생자다. 살아 있는 사람들을 위해 제물로 생산되는 돼지를 굿판에 또 올리는 건 이미 죽은 존재를 다시 한번 난도질하는 것과 같은 행위가 아닐까.

돼지뿐 아니라 닭, 오리, 소도 비슷한 상황이다. 그들은 평생 햇볕 한 줌 못 보고 몸이 겨우 들어가는 케이지 안에 갇혀서 강제로 임신당하고 생산성이 줄어들면 고기로 도축된다. 사육장에는 그들의 비명이 끊이지 않고, 그들의 고통은 한이 되어 몸에 저장된다. 우리는 식탁 앞에 놓인 그들의 한을 먹는다. 돌고 도는 한의 수레바퀴를 끊어내는게 무당의 역할이라면, 나는 어떻게 이 광경을 마주해야 할까. 신령이 정말 억울하게 죽은 생명의 한을 먹고 싶어 할까? 억울한 죽임을 당하는 그들에게 공감하고, 그들의 한을 풀어주기 위해 비거니즘을 결단하고 실행하는 게 신령의 힘 아닐까?

비건은 단순히 고기를 안 먹는 생활 방식만을 의미하지 않는다. 내가 모르는 고통이 있다는 것을 알고 있는 상태, 그 상태로 살아가겠다는 지향이다. 들리지 않는 고통에 귀 기울이고, 내가 등진 아픔은 없는지 살피는 태도다. 공장식 축산으로 살아서 고통 받고, 인간이 만든 환경 때문에 병에 걸리고, 도축되거나 살처분당하는 동물들의 고통은 뉴스에서도 말해지지 않는다. 그들의 넋은 어떻게 되는 걸까? 무당마저 그들의 고통에 고개를 돌리면, 누가 그들을 위해 기도해줄까.

나는 굿을 받으라는 이야기를 듣고 온 손님에게 동물을 올려야 하는 굿판 대신 봉사활동을 하라고 말씀드리곤 한다. 봉사하는 것이 굿을 여는 것보다 더 효과적일 때가 많기 때문이다. 그럼에도 굿을 하는 것이 좋다고 판단되면 돼지머리나 닭의 살점이 필요하지 않은 굿판을 열면 된다. 나물 반찬과 과일로 꾸려진 제사상에 향을 피우고, 억울하게 죽은 돼지와 오리, 닭들을 위한 위령제를 함께 열고 싶다.

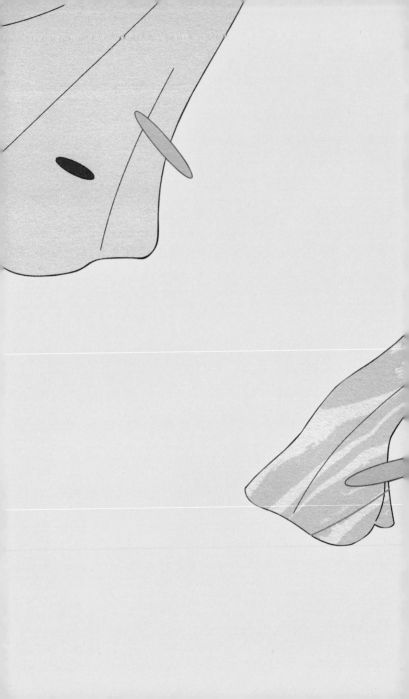

무당도 노동조합이 있나요?

무당 친구 사과와 만난 어느 날, 나는 사과에게 물었다.

칼리   무당 일을 하면서 힘든 점은 없나요?

사과   있죠. 밖에서 제가 무당이라고 소개하면 어떤 사
         람들은 대뜸 "제 운세 좀 봐주세요"라고 말하기도
         해요. 신령님이 무슨 자판기도 아니고 봐달라고
         하면 나오는 줄 아나 봐요.

칼리   맞아요. 저도 그런 소리 많이 들어요. 마치 가수한
         테 "노래 좀 불러주세요"라고 아무 때나 말하는 거
         랑 비슷해요. 점사를 보는 것도 엄연히 노동인데
         노동으로 인정받지 못하는 느낌이에요.

사과   그렇죠. 점사를 볼 때 감정 노동도 많이 들어가는
         데 말이에요.

물론 감정 노동을 하지 않는 무당도 있다. 하지만 나는 감
정 노동을 꽤 많이 하는 편이다. 특히 흉한 점사 결과가 나
왔을 때는 더욱 그렇다. 내가 한 말에 내가 베일 수도 있고,
손님에게 말하는 순간 그것이 현실화되기도 하기 때문이
다. 적어도 상담에서 마음의 상처를 받고 돌아가는 손님이

없었으면 하는 마음에 감정 노동을 더 하게 된다.

사과도 나처럼 감정 노동에 지친다며 말을 이어갔다. "점사를 볼 때 감정 노동을 할 수밖에 없는 것 같아요. 손님의 감정 상태가 내 안으로 후루룩 들어오고 저는 그걸 정화하고 풀어서 말하는 거니까요. 그러고 보니 무당의 점사는 감정 노동 덩어리구나 싶네요."

어떤 손님은 들어오기 전부터 모두를 미워하는 감정을 끌고 오기도 한다. 그럴 때는 정화할 게 많아 힘에 부친다. 점사를 보려면 손님의 투명한 마음이 보여야 하는데 겹겹이 묻은 감정의 응어리가 그것을 방해하기 때문이다. 이런 감정들을 마주할 때면 무당은 확실히 감정 노동자라는 걸 느낀다.

무당도 노동자다. 나는 평균 주 45시간을 일한다. 월요일부터 금요일까지, 하루에 아홉 시간 동안 근무한다. 아침에 일어나 기도하는 시간을 빼고, 유튜브 채널에 주간 운세를 올리기 위한 영상 노동 두 시간, 『신령님이 보고 계셔』를 쓰는 집필 노동 두 시간, 신령님과 소통하며 점사를 보는 감정 노동 세 시간, 웹툰을 그리거나 부적을 그리는 그림 노동 두 시간. 이렇게 하루 아홉 시간 동안 근무를 하는 성실한(?) 노동자로 살고 있다. 주말에 기도를 하러 가거나 손님의 점사를 봐주는 시간을 추가하면 일주일에 54시간까지 일하는 경우도 있다.

많은 노동자가 그렇듯 나도 점심시간과 휴식 시간을 제외하면 종일 노동을 한다. 노동 후에는 퇴근하고 휴식. 저녁 시간에는 반려견들의 밥을 챙겨주고 식구들과 앉아 도란도란 이야기를 나누며 하루를 마무리한다. 물론, 잠들기 전의 기도 시간은 노동시간에 포함되지 않는다. 아니, 포함해야 할까? 만약 기도 시간도 노동시간에 포함이 된다면 아침 두 시간, 자기 전 한 시간을 더해서 하루 열두 시간을 일하는 셈이다. 참 부지런하구나.

생각해보면 무당이 되기 전, 프리랜서로 글 쓰고 그림 그리며 일할 때도 비슷한 일상이었다. 달라진 점은 사람들을 만날 때 (점사를 보면서) 고강도 감정 노동이 추가된 점, 기도하는 시간이 대부분이라 어디까지가 일상이고 어디부터 노동인지 구분이 잘 안 된다는 점이다. 다짜고짜 운세를 봐달라는 사람들의 요구를 듣게 된 점도.

같은 노동을 해도 어떤 무당은 하루 밥 한 끼 벌어먹기도 어려운 돈을 받고, 어떤 무당은 하루에 대기업 평균 월급 비슷한 돈을 받기도 한다. 무당은 미래도 볼 수 있으니까 돈도 잘 벌 거라는 편견과 달리, 돈을 많이 벌지 못하는 무당도 많다. 손님의 연약한 부분을 간파해 몇백만 원짜리 굿이나 몇천만 원짜리 내림굿을 이야기하며 돈을 많이 버는 무당도 간혹 있다. 반대로 정직하게 점사를 보는 무당들이 더 열악한 환경에 놓인 경우도 있다. 돈을 많이 벌지 못하는 건 무당이 무능해서가 아니다. 오히려 형편이 어려운 무당이 손님들에게 좋은 기운을 나누어 주는 경우도 나는 많이 봤다.

무당의 일을 쉽게 생각하는 경우도 많다. 한 시간에 15만 원 정도의 상담비를 받으며 일하는 겉모습만 보고 무당은 말만 잘하면 쉽게 돈을 번다는 생각에 "나도 무당 할래요"라고 말하는 사람도 있다. 무당이 하는 일을 무척 쉬운 일로 보며 무시하는 경우다. 그냥 아무 말이나 하면 돈을 벌 수 있다고 생각하는 걸까. 무당은 매일 기도하고 자신을 닦으면서 찾아오는 손님들을 정화해주고 동시에 신과 소통하면서 상담 노동을 하는 전문 직업인이다.

무당은 인간과 신 중간에 있는 존재라는 말을 많이 한다. 그런데 생활하는 무당은 어쨌든 이 땅에 발붙이고 살아가는 노동자이기도 하다. 많은 노동자가 그렇듯, 많은 무당도 불평등한 운동장을 살아가는 시민들이다. 그런 무당의 노동이 노동으로 인정받으면 좋겠다.

사과와 나는 우스갯소리로 말했다.

칼리   사과, 우리 무당 노동조합 만들까요?

사과   그러게요. 근데 노동조합 만들어서 누구와 협상을 할까요? 신령님과? (웃음)

칼리   노동조합을 만드는 이유가 노동자의 권리를 보장받기 위한 것이기도 하잖아요. 예를 들어 작두를 타다가 다치는 경우 산재 처리도 되면 얼마나 좋겠어요.

사과   그걸 사회에서 받아줄까요? 애초에 그런 짓을 왜 하냐고 하겠죠.

칼리	그러게요. 4대 보험이 보장되는 노동자로 인정받고 싶은데, 그런 건 어렵겠죠?
사과	그래도 우리가 이렇게 연결되어 있으니, 우리부터 노동자의 권리를 잘 챙기면서 살자고요. 자판기처럼 아무 때나 점 보지 말고요.

나는 사과에게 말했다. "맞아요. 그리고 무엇보다 무당도 노동자라는 글을 써야겠어요." 이렇게 말한 나는 글을 쓰기 위해 오늘도 노동시간을 초과해 일하고 있다. 다행인 건 이 일이 즐겁다는 것 정도일까.

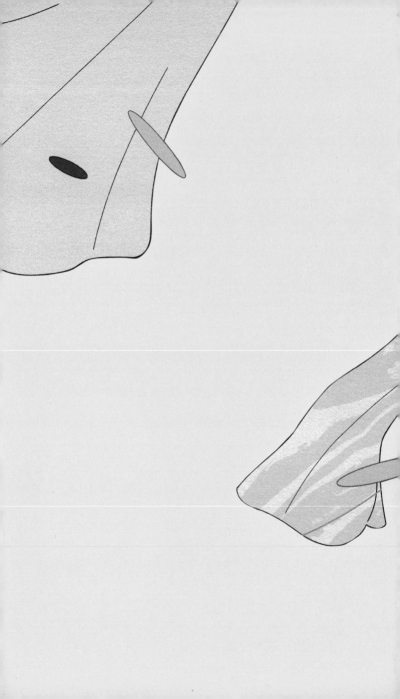

무당의 도제식 교육, 이 방법밖에 없을까?

무당이 노동자라면 신 선생님의 갑질은 직장 내 괴롭힘이 될 수 있지 않을까? 일 년 전, 굿을 보러 갔을 때였다. 신 선생님으로 보이는 사람과 갓 신내림을 받은 애동제자 복숭아가 함께 굿을 열었다. 처음 만났을 때 복숭아의 인상은 정말 잘 익은 복숭아처럼 호기심 많고 총명한 모습이었다. 내림굿을 받은 지 얼마 안 된 나의 시선은 자연스럽게 복숭아를 따라다녔다. 곱게 한복을 차려입은 복숭아는 굿을 준비하고 있었다. 신복을 정리한 후 떡과 과일을 제사상에 올리고 있는 복숭아에게 복숭아의 신 선생님이 다가가 말하는 소리가 들렸다. "아유, 이것도 못 알아듣니?"

너무 큰 소리로 말해서 멀리 있던 나도 들었다. 복숭아는 "죄송합니다. 다시 할게요." 하면서 제사상에 올린 떡과 과일을 다시 내리고 있었다. 신 선생님은 그런 복숭아를 등지고 돌아서더니 "아휴, 저래서 원……"이라며 한숨을 쉬었다. 이런 장면은 굿이 시작되기 전까지 몇 번이나 반복되었다. 나중에는 신 선생님이 복숭아의 머리를 콩 하고 쥐어박기도 했다. 그러다 나와 사람들이 있는 곳으로 복숭아의 신 선생님이 다가와 앉더니 우리에게 말했다. "쟤는 애가 맹해서 하나부터 열까지 다 가르쳐줘야 해요. 바보 같아." 나는 복숭아가 걱정되었다.

복숭아가 분주하게 준비한 자리에서 굿이 시작되었다. 복숭아는 처음에 환한 미소를 짓고 있었는데 어느새 신명은 커녕 한껏 풀이 죽은 모습으로 굿판을 멍하니 쳐다만 보고 있었다. 반면 신 선생님은 누구보다 신명이 난 모습으로 도무(방방 뛰는 춤)를 하고 접신을 했다.
호통치는 신 선생님과 풀이 죽은 신 제자의 모습. 익숙한 풍경이었지만 나는 그 모습을 어떻게 바라봐야 하는지 고민했다. 굿이 끝난 후에도 타박은 계속됐다. 복숭아가 어떻게 굿상을 정리해야 할지 몰라 우왕좌왕하자 신 선생님이 옆에서 또다시 호통을 쳤다. "이거 딱 보면 몰라? 이걸 먼저 박스에 넣고 그다음에 저걸 정리해야지." 나는 복숭아가 굿이 시작되기 전 충만한 기운으로 서 있던 모습을 기억한다. 그 모습은 온데간데없이 잔뜩 기가 죽어 신 선생님이 시키는 대로 과일을 도로 꺼냈다가 담는 모습을 보면서 안타까웠다. 왜 신 선생님은 복숭아의 신명을 쉽게 침범하는 걸까. 그래야 교육이 된다고 생각하는 걸까?

얼마 전 갓 신내림 받은 친구 사과가 찾아왔다. 사과는 신 선생님과 주 3일 함께 머무르고 교육을 받으면서 지낸다. 신 선생님에게 배우고는 있지만 스스로 손님을 받으며 점사도 보고 있다. 나는 사과가 어떻게 지내는지 궁금해 근황을 물었다.

사과   아침에 일어나서 신 선생님 옥수 그릇 갈고, 신 선생님 신당 바닥 닦고, 신물 닦고, 빨래 돌리면서 하루를 시작해요. 어떤 땐 신 선생님 자녀들 어린이집 보내는 일도 하고요. 가끔은 내가 가사도우미로 고용된 건지, 무당인 건지 싶어요.

칼리   그런 일은 신 선생님이 하셔야 하는 거 아닐까요? 돌봄 노동은 그 자체로 기도인데요.

사과   그런 것 같긴 한데, 배운다는 마음으로 함께하고 있어요.

칼리   임금은 받고 있나요?

사과   아니요. 임금을 따로 받진 않아요. 밥도 제가 차리고, 빨래도 제가 하지만요.

칼리   임금체불이네요. 그러면 안 되지 않아요?

사과   저도 모르겠어요. 다른 무당들도 신 선생님 곁에서 배울 때 이런 일을 하게 된다고 하더라고요.

칼리   저는 내림굿을 받고 신 선생님과 떨어져 지내서 그런 일은 겪지 않았어요. 만약 그런 일을 겪었다면 뛰쳐나왔을 거예요.

사과   저도 그러고 싶은 순간들이 있어요. 신 선생님이 이것도 못 하냐고 타박할 때도 있고요. 모욕적인 말을 듣기도 하는데, 그럴 때는 저도 뛰쳐나오고 싶어요. 근데 빨래까지 하는 건 정말 아닌 것 같아요.

칼리   맞아요. 왜 가사 돌봄 노동은 당연하게 신 제자의 몫으로 떠넘겨지는 걸까요? 그것도 다 노동이고 수고인데 말이에요.

대부분의 무당은 일대일 도제식으로 교육받는다. 신내림굿을 한 뒤 신 선생님 곁에 머물며 다양한 것을 배운다. 점사 보는 방법, 신령님과 소통하는 방법, 굿 치르는 방법, 제사상 차리는 방법, 기도 방법 등. 그 과정에서 배우는 사람이 가르치는 사람의 가사 돌봄 노동을 도맡아 하기도 한다. 특히 종교적 신념으로 위계가 뚜렷한 상황에서 문제는 더욱 심각해진다. 모욕적인 말을 듣거나 부당한 노동을 강요당해도 아무 말 하지 못하고 따르게 되는 것이다.

이런 교육은 무속신앙이 아니더라도 많은 분야에서 흔히 볼 수 있는 광경이다. 교수가 대학원생에게, 메인 작가가 보조 작가에게, 극단의 감독이 배우에게 '갑질'하더라는 소식을 종종 듣는 것처럼 낯설지 않은 모습이다. 이런 문화에서 임금체불과 시간 외 노동은 '열정페이'라는 이름으로 합리화되고, 가스라이팅은 교육으로 둔갑한다.

기존의 불합리한 문화를 바꾸려는 사람들이 무속신앙에도 존재한다. 내가 아는 한 선생님은 무당으로 일하다가 지금은 주역과 타로에 대한 정기 교육 프로그램을 만들어 배움의 기회를 열어놓고 있다. 선생님과 사회적 기업을 공동 운영 중인 친구는 내게 말했다. "신명이 사라진 무당은 직업 자체가 위태로워지잖아요. 그래서 거짓말을 하거나 더 열악한 환경으로 밀려나요. 저는 그런 사람들에게 배움의 기회를 제공하고 싶어요." 신 선생님과 일찍 떨어져 굿을 배우지 못한 무당들에게 정기적으로 굿 교육을 제공하는 무당도 있다. 굿을 배우고 싶은 사람은 누구나 그곳에서 굿을 배울 수 있다. 일대일 도제식 교육을 거치지 않는 무당들도 많아지고 있다.

물론, 옛날에도 일대일 도제식 교육을 받지 않고 바로 점사를 보고 굿을 보는 무당들은 존재해왔다. 그래서 어떤 무당은 꼭 신 선생님에게 교육을 받지 않아도 괜찮다고 말한다. 영이 눈을 뜨면 알아서 할 수 있다는 말이다. 세상과 사물을 바라보는 눈이 달라지니까 일상적으로 기도하게 되고, 굿의 절차를 배우지 않아도 저절로 춤사위가 나오고, 점을 보는 방법을 익히지 않아도 저절로 입에서 공수가 나오는 경우다. (어떤 무당은 이런 무당이 영험한 것이라고 이야기하고, 어떤 무당은 교육을 제대로 받아야 좋은 무당이 된다고 이야기한다.)

사과뿐 아니라 제자를 심부름꾼으로 쓰는 신 선생님의 이야기를 많이 들었다. 가사 돌봄 노동을 신 제자에게 시키고 자신은 기도터에 나가거나, 손님을 본다는 이유로 집안을 돌보지 않는 경우도 많다. 내가 있는 곳이 신당이고 내가 걷는 길이 순례길인데, 그런 소중한 신당을 돌보지 않는 무당에게 기도는 어떤 의미일까. 누군가에게 노동을 빚

지면서 그것을 교육이라고만 이야기하면 되는 걸까.

나는 바란다. 내 친구 사과와 복숭아가 체불된 임금을 받으면 좋겠다고. 자신이 하는 일이 노동이라는 걸 자신에게도 사회적으로도 인정받을 수 있으면 좋겠다고. 사과와 복숭아의 신명 가득한 표정을 보고 싶다.

'방법' 쓰는 무당

×

영화 「곡성」에서는 악령에 맞서서 싸우는 박수무당(남자 무당을 부르는 말)이 나온다. 박수무당은 군웅(나랏일을 하던 군인, 장군 등의 혼령)의 신복을 입고 굿을 한다. 닭 머리를 치고 소 머리를 제사상에 올린다. 퇴마굿을 하는 무당은 얼굴에 피를 묻히고 불길이 활활 타는 곳에서 살을 쓴다. 살이란 생물을 해치는 독한 기운(귀신)으로, 살을 쓴다는 건 독한 기운으로 독한 기운을 내쫓는 것을 뜻한다.

'방법'이라고도 알려진 살을 쓰는 행위는 무당이 조심하고 경계해야 하는 영역이다. 살을 함부로 쓰는 건 인간적인 욕망이지 신령님의 뜻이 아니다. 그러나 미디어에서는 살을 쓰는 무당이 자주 등장한다. 드라마 「방법」에서도 살을 쓰는 무당들이 등장한다. 드라마에 등장하는 영매는 저주를 내리려는 사람의 한자 이름과 쓰던 물건을 가지고 살을 쓰는 데 성공한다.

영화, 드라마와 다르게 살을 쓰는 사람은 99.9퍼센트 역살을 맞을 수밖에 없다. 역살이란 살을 쓴 사람에게 살이 돌아오는 것이다. 나에게도 방법을 문의하는 사람들이 가끔 있다. 누군가를 저주할 수 있는지 묻는 것이다. 그럴 때 나는 말한다. "제가 굳이 살을 치지 않아도 손님이 살을 치고 있어요. 내가 누군가를 미워하는 마음을 품고 있으면, 미움 받는 상대방은 물론 손님에게도 살이 돌아오거든요." 내가 손님들에게 누구도 미워하지 않는 마음과 용서를 강조하는 이유다.

악령에 씐 소녀들

×

많은 오컬트 영화에서 여자아이, 소녀는 악령에 씐 존재로 나온다. 영화 「검은 사제들」, 「사바하」뿐 아니라 「엑소시스트The Exorcist」 같은 해외 오컬트 영화에서도 어린 소녀는 악령에 취약한 존재로 그려지곤 한다. 악령에 빙의된 소녀는 '소녀답지 못하게' 성적으로 거침없는 말을 내뱉고,

섹스 체위와 비슷한 움직임으로 몸을 비틀고, 기품 없이 음식을 먹어댄다. 영화 「곡성」에서도 주인공의 어린 딸이 악령에 씐 모습으로 등장하고 주인공은 딸을 구하기 위해 박수무당과 퇴마굿을 한다.

하지만 옛날, 무속신앙에서는 이런 소녀들을 악령이라고 보지 않고 오히려 무당이 될 아이가 신병을 앓는 거라며 소녀를 위한 신명 나는 굿판을 만들어줬다. 선과 악을 나누는 방식이 아니었다. 악령 같아 보이고 '문란해' 보이거나 미친 여자 같아 보이는 소녀를 고장 난 것으로 판단하고 고치는 게 아니라, 그 소녀가 모든 그림자를 끌어안고 사람들을 치유할 수 있는 무당이 되도록 도왔다. 그러나 아쉽게도 많은 오컬트 물이 어린 소녀를 악령에 취약한 존재로 보는 관점에서 멈춘다. 무속신앙이 등장하는 오컬트 영화에서도 그렇다.

반면, 영화 「사바하」는 무엇이 선이고 악인지 질문한다. 털북숭이 악령의 모습을 한 소녀와 신의 모습을 한 사내가 등장하는데, 영화의 마지막에는 신의 모습을 한 사내가 악령의 얼굴로 죽고, 악령의 모습을 한 소녀가 신의 얼굴로 죽어간다. 악령처럼 보이던 털북숭이 소녀는 세상을 품은 예수님 같은 모습으로 변한다. 그러나 결국 그 소녀도 생을 이어가지 못하고 죽는 희생자로 그려진다.

영화 「사일런트 힐Silent Hill」에서도 악령이 되어버린 소녀의 이야기가 나온다. 「사일런트 힐」은 오컬트 영화 중 거의 유일하게 입체적인 소녀의 이야기를 보여주는 작품이다. 소녀는 학교에서 따돌림과 성폭행을 당하고, 마을 사람들에게 문란하고 더럽다는 이유로 차별을 받다가 한을 품은 악령이 된다. 결국 소녀의 저주에 마을 사람들 모두가 죽고, 소녀는 엄마와 함께 이승도 저승도 아닌 곳을 떠돌게 된다.

무속신앙에는 뚜렷한 선과 악이 없다. '허주'라는 잡귀신은 있지만 그 존재도 한을 품은 혼일 뿐이다. 우리는 그 존재를 내쫓기 위해 칼을 휘두를 수도 있고 불을 지르거나 닭머리를 잘라서 살을 칠 수도 있다. 하지만 그 방법이 전부가 아니며, 전부여서도 안 된다.

물은 낮은 곳으로 흐른다. 우리가 악이라고 부르는 에너지도 그렇다. 차별받기 쉽고 존재가 지워지는 위치에 있는 어린 소녀가 늘 악령에 시달리는 주인공으로 등장하는 이유다. 그들에게 필요한 건 퇴마의식이 아니라, 그들이 죽겠다고 소리 지르지 않아도 그들의 말에 귀 기울여주는 사회다.

숨겨진 무당

×

영화 「곡성」에서 무명은 숨겨진 무당의 이야기를 보여준다. "할매가 그랬는데"라며 할매의 말을 주인공에게 공수해주는 무명의 말은 미친 여자의 말이라는 이유로 무시당한다. 무명은 마을에서 감정적이고 미신적인 여자로 취급받았다. 하지만 무명은 동물을 죽여서 살을 치는 타살굿을 하지 않고, 식물을 매달아 귀신의 덫을 만들어온 마을의 수호자였다. 사람들이 그녀의 말을 믿지 않을 때마다 식물은 검게 시들어갔다. 아무도 그녀의 말을 믿지 않았다. 주인공조차 그녀를 의심하자 영화는 비극으로 끝난다.

「곡성」은 '미친 여자'이기 때문에 어떤 말도 힘을 얻지 못하고 진실을 말해도 미친 소리 취급받는 무서운 현실을 보여주는 영화이기도 하다. 이름 없는 '무명'은 변두리에서 천대받으면서 남몰래 마을을 지키던 무당이다.

현대판 무당

×

정세랑 작가의 소설을 원작으로 넷플릭스 드라마로도 만들어진 「보건교사 안은영」은 현대판 무당의 모습을 보여준다. 안은영의 신당은 학교 보건실 사물함 안에 있다. 사물함에는 예수님의 십자가, 이집트에서 온 앙크 십자가, 일본의 고양이와 한국의 하회탈, 아메리카 원주민의 드림캐처, 무속신앙의 색색 부적, 오색 방울, 명두와 구슬, 불교의 연꽃과 부처님상 등 거의 모든 종교의 신물들이 모여 있다. 온갖 종교의 신을 좋아하는 '짬뽕 무당'인 나는 그 신물들을 보면서 미소를 지었다. 꼭 내가 만들고 싶은 신당의 모습이기 때문이다. 모든 종교의 신물에는 혼이 깃들어 있고, 염원하는 사람의 마음이 신물을 영험하게 만든다.

안은영은 무당의 방울 대신 장난감 칼과 비비탄 총을 가지고 건물 구석구석에 커지는 기운(젤리)을 하나하나 정화한다. 산업재해로 죽은 친구의 원혼을 달래주고, 계속 옴을 먹어야 하는 운명을 가진 친구를 살리려고 노력한다. 그래도 먹고는 살아야 하니까 일은 다니고, 일 다니면서 숨어서 싸우느라 고생도 많이 한다. 자신이 느끼는 진실을 꿋꿋하게 지켜내고 살아내는 안은영을 보면서 자신의 이야기를 쓰는 여성 작가들이 떠올랐다. 안은영이야말로 내가 생각하는 현대판 무당의 모습이다.

3

당신의 이야기를 들려주세요

이야기를 듣는 무당

점집에 들어선다. 무당은 손님이 자리에 앉기도 전에 눈을 치켜세우곤 그 사람의 역사에 대해 주르르 말한다. 손님은 경악하며 자리에 앉고는 눈물을 흘린다. 그렇게 상담이 시작된다.

미디어에서 무당이 등장할 때 나오는 단골 이미지다. 무당은 그 사람의 첫인상만 보고서 모든 걸 파악하고, 그것을 줄줄이 즉흥적으로 말한다. 무당은 정말 손님의 발자국 소리만 듣고도 모든 걸 알 수 있을까? 내 경험으로는 어떤 때에는 그렇고, 어떤 때에는 그렇지 않다.

나도 잘 모르는 나의 마음을 누군가가 한 번에 알아맞혀 주는 건 위로가 된다. 무당도 그런 역할을 기대받는다. 많은 손님이 그런 '정답'을 기대하고 찾아온다. 그러나 나는 재미없게도 그들의 이야기가 궁금하다. 손님들은 처음엔 자신의 이야기를 경청하는 내가 어색한지 쭈뼛쭈뼛하다가 어느 순간 자신의 속 이야기를 털어놓는다.

나는 점사를 보면서 손님의 이야기를 듣고, 이런 쪽으로도 해석하고 저런 쪽으로도 해석하면서 손님의 생각을 묻는다. 손님에게 자기 운명을 해석할 권위를 주는 과정이다. 운명은 정해져 있다고 생각할 때는 정해진 게 되고, 정해져 있지 않다고 생각할 때는 정해지지 않은 게 되기 때문이다. 많은 손님이 스스로 이미 답을 알고 있으면서 자기 확신이 필요해서 점집을 찾는다. 나의 역할은 그 사람 안에 있는 답을 끄집어내 주는 것이다. 그래서 무당의 역할은 좋은 친구의 역할과 크게 다르지 않다고 느낀다.

얼마 전, 팟캐스트 '비혼세'에 출연을 하게 되었다. '비혼세'는 비혼 여성들의 사연을 모아서 이야기를 나누는 팟캐스트인데, 일주년을 맞이하여 무당인 나와 함께 특집 방송을 녹음하기로 했다. 무당에게 갖는 궁금증에 답변하는 인터뷰이기도 했고, 진행자 세 사람의 신년 운세를 봐주는 자리이기도 했다. 녹음 전날, 나는 미리 받은 인터뷰 질문지를 읽고 또 읽었다. 질문지를 읽는 걸로도 모자라 질문에 대한 답변을 미리 적어놓고, 인쇄해 읽으면서 퇴고했다. 인터뷰 질문에 대한 답변을 소리 내 읽으면서 녹음도 해뒀다. 스튜디오로 향하는 길에는 내 목소리로 녹음된 인터뷰 내용을 들으면서 답변할 내용을 되새겼다.

말은 한번 뱉으면 주워 담을 수 없다. 나는 나의 말이 무섭다. 내가 무심코 하는 말에서 누군가가 소외감을 느낄까 봐, 누군가를 배제하는 언어를 쓸까 봐 내 언어를 점검하고 수정한다. 나의 말은 퇴고를 거듭하는 글쓰기 과정과 비슷하다. 마음을 표현하는 편지를 쓰듯이 미리 그 사람과 어떤 이야기를 나눌지 생각하고 적어놓는다. 즉흥적으로 모든 걸 할 수 있는 초능력자가 아닌 나는 연습하고 준비하는 무당이다.

조금 일찍 도착한 스튜디오 안에서 향을 피웠다. 사람들을 만나기 전, 마지막으로 마음을 비우는 과정이다. 샌달우드 향이 스튜디오 안을 흠뻑 채웠다. 나무 향기가 가득 풍기는 스튜디오에서 녹음이 시작됐다. 세 사람이 나에게 질문하고, 나는 연습했던 대로 답변을 말했다. 준비한 답변에서 조금씩 다른 버전으로 매끄럽게 말할 수 있게 되었다. 연습의 결과다.

제비가 내게 이런 질문을 했다. "왠지 무당은 모든 걸 꿰뚫어 볼 것 같아서, 일상생활에서 사람들이 불편하게 생각할 수도 있을 것 같아요. 내 한심한 내면을 다 알 것 같고, 전날 내가 뭐 했는지 다 들킬 것 같고요. 일상생활에선 어때요?" 나는 대답했다. "어떤 분은 전날에 자기가 자위한 것도 다 알 것 같아서 무섭다고 하기도 했어요. 그런 건 없고요. 언제나 다른 사람들을 해석하면서 살면 재미없어져요. 나를 따르는 사람들은 많아질 수 있어도, 친구가 없어진다고 해야 할까요?"

이어지는 제비의 질문. "사주, 타로, 신점…… 어느 정도 믿어야 할까요?" 나는 믿고 싶은 것만 믿으면 된다고 대답했다. 이 질문에서 손님을 대할 때 늘 품고 있던 생각을 말할 수 있었다. "저는 답을 내리기보다 그 사람의 속에 있는 말을 스스로 할 수 있도록 돕는 편이에요. 정답이 필요할 때가 있긴 하죠. 예를 들면 데이트폭력을 당하고 있다거나. 그럴 때는 강하게 헤어지라고 이야기하고요. 그런 예외적인 경우가 아니면 손님의 운명에 대해서 함부로 단정 짓지 않아요. 운명을 해석하는 게 큰 권력을 가지고 있는 거잖아요. 그래서 조심스러워요. 조심스러워야 하고요."

이어서 신년 운세 시간, 나는 제비와 국화와 매화를 바라보면서 사주를 펼치고 점사를 봤다. 한 사람 한 사람씩 눈을 마주 보면서 집중하기 시작했다. 누구도 소외하지 않는 말로 직접 자신의 운명을 해석하는 그 시간 동안 우리의 대화는 유쾌하게 흘러갔다. 어느새 우리는 무당과 손님 이전에 좋은 친구가 되어 있었다. 집으로 돌아오는 길에도 함께 나누던 웃음소리가 내내 마음에 남아 미소가 번졌다. 역시, 미리 편지를 써두길 잘했어.

결혼 못 할 팔자 ?

"세 번 이혼을 하겠네. 남편을 치겠어. 성질 좀 죽여야겠다."

10년 전 우연히 들른 사주 카페에서 들은 이야기다. 당시에도 결혼할 생각은 없었지만, 정말 내가 그런 팔자인가 고민했다. 10년이 지난 지금, 나는 세 번 이혼하긴커녕 한 번 결혼하지도 않았다.

한 사주 명리학자를 만났을 때는 이런 이야기도 들었다. 명리학에 대한 깊이 있는 대화를 나누러 갔던 자리다. 그는 나에게 말했다. "남자 같은 팔자네. 그래도 여자는 두부랑 달걀 같은 거예요. 연약해서 남자가 잘해줘야 해." 타인의 속마음과 미래도 보는(또는 본다고 자부하는) 운명학자가 남자 여자 이분법의 세계에서 벗어나지 못하는 게 우스웠다.

나는 상담하면서 많은 손님, 특히 여성이 편견 가득한 팔자 풀이와 무례한 말에 위축된 경험이 있다는 걸 알게 되었다. 상담이란 보통 어떤 말을 '듣기'를 기대하고 받는 것이기에 모든 상담사가 그렇지만, 운명을 상담하는 사람에게는 특히 강력한 권력이 있다. 신령님이 아무리 확실한 말을 해준다고 해도, 손님의 운명을 글자 그대로 바꿔버릴 수도 있는 말을 그대로 입 밖에 내는 건 조심스러워야 한다. 상담하는 사람이 신령님과 소통할 수 있는 능력, 운명을 볼 수 있는 능력을 책임감 있게 다루지 못할 때 손님들은 마음의 상처를 받고 떠난다. 그래서 더 조심스럽게 말을 뱉어야 하는데, 운명을 다룬다는 사람들이 기존 세계의 고정관념과 인식 틀을 가지고 타인의 삶을 편향적으로 해석하는 경우를 많이 봤다. 한 사람의 운명을 좁은 식견에 가두고 자기 인식의 한계를 타인의 삶의 한계라고 착각하는 거다.

"저는 정말 이혼할 수밖에 없는 팔자인가요? 결혼 못 할 팔자라고들 말하더라고요." 나를 찾아온 한 손님이 물었다.

칼리　　저도 옛날에 사주를 보러 가면 세 번 이혼할 팔자라고 듣곤 했어요. 왜냐하면 사주에 상관이라는 글자가 세 개 있어서인데요. 상관은 말 그대로 관을 상하게 한다는 거예요. 관은 조직이나 소속을 뜻해요. 남성에게 관운이 들어오면 승진 운, 취업 운 등으로 보는데 가부장제에서 여성이 소속될 곳은 남편이라고 생각하는 거죠. 그러니까 관을 상하게 하는 상관이라는 글자를 가부장제의 편견으로 해석하면 여성의 상관은 이혼 수라고 보는 거예요. 그래서 옛날에는 여성에게 상관이 있으면 '남편을 잡아먹는다'고 해서 시집도 못 갔대요. 그런데 이 상관이라는 글자는 남자에게 있으면 정의로운 활동으로 기존 규칙에 저항하면서 큰 뜻을 펼치는 능력으로 해석하기도 하거든요. 저는 여성에게도 같은 기운으로 작용한다고 느껴요.

손님   그렇군요. 그리고 저는 사주를 보러 가면 자식 운이 많다는 말도 많이 들었어요. 그런데 저는 결혼도, 출산도 안 하고 싶거든요. 왜 이런 해석을 듣게 되는 걸까요?

손님의 사주에는 식신이라는 글자가 있었다. 먹을 복이라는 뜻을 가진 이 글자는 순수예술처럼 창의성을 펼쳐 표현하는 기운을 의미하기도 한다. 그런데 여성에게 이 글자가 있으면 흔히 자식 운으로 해석하는 경향이 있다. 출산할 생각이 없는 손님이 자식 복이 많다는 말을 들은 건 이 때문이었다. 식신이 남성의 사주에 있으면 마음 편안하게 놀고먹을 수 있는 기운, 표현하는 기운으로 해석한다. 하지만 나는 이것 역시 성별과 상관없이 후자처럼 해석한다. 이 손님의 사주에는 식신이 아주 많았다. 내 설명을 들은 손님이 말했다.

손님   그렇게 해석의 폭이 넓은데 저는 한 가지 해석만 들었던 것 같아요.

칼리   맞아요. 많은 운명 상담사가 그렇게 해석을 해요. 옛날의 사고방식으로 편견이 들어간 해석을 해서 그래요. 손님은 식신을 예술적으로 풀어주실 수 있어요. 이미 그런 일을 하고 계시고요.

손님은 자신의 운명을 새롭게 해석해줘서 고맙다고 말하며 돌아갔다. 운명학 상담이 아니더라도 고정관념으로 고민을 해석하는 경우는 많다. 나의 친구는 우울증과 공황장

애로 정신과에 상담을 받으러 갔을 때 이런 말을 들었다. "결혼하면 다 괜찮아져요. 결혼을 하세요." 비혼을 지향하는 친구는 당황스러웠다며 내게 말했다. 그 사람의 고민에 대해 진지하게 들어보지도 않고 다짜고짜 결혼을 하라니. 대학에 가지 않은 어떤 친구는 정신과에 상담을 받으러 갔을 때 이런 말을 들었다. "대학에 가세요. 그러면 다 괜찮아질 거예요."

결혼만 하면, 대학만 가면 모든 게 괜찮아질 거라는 의사의 말은 내가 만난 운명학자의 말과 다르지 않았다. 고정관념으로 상담을 해주면 편하다. 논리적으로 모순이 없다고 느끼기 때문이다. 하지만 불확실한 삶을 살아가는 입체적인 존재에게 필요한 건 고정관념에 기반한 답변이 아니라 고민을 다양하게 해석할 수 있는 상상력이다.

모든 언어가 그렇듯 운명학에도 소외된 존재가 있고, 모든 해석이 그렇듯 운명학도 해석 투쟁이다. 일대일 독점 연애와 결혼, 출산을 지향하지 않는 사람, 시스젠더가 아닌 성별 정체성과 이성애 외의 다양한 성적 지향을 가진 사람 등 소위 '정상' 기준을 따르지 않거나 따르지 못한 사람들의 언어는 운명학에서도 소외되기 쉽다. 그렇게 소외되고 밀려난 사람들은 답답해서 직접 운명학을 공부하기도 한다. 나 역시 그랬다.

많은 사람이 운명이 바뀔 수 있냐고 질문한다. 운명, 흔히 팔자라고 하는 게 정말 정해진 걸까. 사주 명리는 기호라서 무한하게 해석될 수 있다. 그래서 나는 운명의 여덟 글자(팔자)는 바뀌진 않지만 무한한 변주곡이 가능하다고 생각한다. 운명이란 명을 운전한다는 뜻이다. 같은 사주팔자라 하더라도 그 사람이 어떻게 변주할 것인가는 그 자신의 의지, 그를 둘러싼 편견과 고정관념을 생산하는 교육, 그와 주변 환경의 일상적 상호작용에 따라 달라진다. 당연하게도 나를 둘러싼 환경과 세상이 나아져야 운명도 나아지는 거다.

운명학은 개개인의 삶을 신화로 만드는 미신이 아니라 고정된 언어를 해체하고 삶을 다르게 해석해보자는 실천에 가깝다. 고정된 관념을 자꾸 버려야 하는 이유는 삶의 무한성을 파괴하지 않기 위해서다. 운명은 하나의 좁은 직선 도로가 아니다. 뻔한 관념은 있어도 뻔한 인생은 없다.

저는 무당이 되어야 하나요?

2천5백만 원이 없어서 내림굿을 받지 못하게 되었을 때 나는 내가 무당이 될 수 없을 거라고 생각했다. 그러다가 그때로부터 일 년 후, 나는 돈 한 푼 없이 내림굿을 받게 되었다. 지금의 신 선생님을 만난 덕분이다. 만약 2천5백만 원이 드는 내림굿을 받았다면 어땠을까? 확실한 건, 내림굿 비용을 많이 치를수록 '신빨'이 좋아지는 것은 아니라는 점이다.

나의 신 선생님은 내림굿을 받지 않고 무당이 된 사람이다. 사람마다 영이 눈을 뜨는 속도와 시기가 달라서, 그 시기가 되면 저절로 영이 눈뜨이는 사람도 있다. 하지만 영이 눈떴다고 해서 곧장 모든 걸 다 할 수 있는 무당이 되는 건 아니다. 그때부터 간절히 기도하고 수행하면서 신관(신령에 대한 자신만의 관점과 체계)을 형성하고 신령님과 소통하는 방법을 스스로 터득하게 된다.

입문과정으로서의 내림굿 의식을 치르고 나서도 마찬가지다. 내림굿을 받으면 끝이 아니라, 그때부터 시작인 것이다. 일반 직장인이 취직을 한 후에도 계속 공부하고 운동하며 자기계발을 하는 것처럼, 무당도 무당이 된 후부터 기도를 하고 생활을 정돈하며 자신을 갈고닦는다.

무당마다 제시하는 내림굿 비용은 다르다. 무당이 요구하
지 않아도 주머니가 넉넉한 어떤 사람은 교회에서 십일조
를 헌금하듯 일 억 되는 돈을 기꺼이 내놓는다는 얘기도
들었다. 그런 경우 돈이 일종의 믿음의 에너지로 작동해서
그만큼 신명을 받아들일 기회가 늘어난다고 해석하기도
한다.
하지만 신당에 찾아오는 이들 중에는 안정적인 직업이나
토대가 없는 사람도 많다. 어떤 무당들은 우울하고 힘든
사람이 눈에 띄면, 구원을 빌미로 돈을 요구한다. 돈이 없
으면 구원이 불가능한 것처럼 되어버리는 거다.

나에게도 내림굿을 받고 싶다는 손님들의 문의가 들어온
다. 한 손님은 신점을 보러 갔을 때 내림굿을 받지 않으면
큰일 난다는 이야기를 듣고 고민을 상담하러 왔다. 예술작
업을 하는 중에 자꾸 귀신이 보이는 점이 가장 고민이라고
했다. 나는 점사를 보면서 그분이 꼭 내림굿을 받지 않아
도 된다고 판단했다. 이미 글을 쓰고 있고, 춤추는 작업으

로 자신의 신명을 풀고 있는 분이었기 때문이다. 나는 손
님에게 말했다.

"손님은 꼭 내림굿을 받지 않아도 다른 방식으로 신명을
풀 수 있어요. 굿은 마치 파티에서 밤새 춤추면서 스트레
스를 푸는 것처럼 신을 받아들여 신명을 푸는 거예요. 큰
돈을 들이지 않아도 해결할 방법은 있어요. 손님 같은 경
우엔 가까운 정신과에 찾아가서 약을 타는 것도 도움이 될
거예요. 좋아하는 음악을 들을 때 우리는 엑스터시, 황홀
경을 경험해요. 그런 것처럼 가슴 뛰게 만드는 음악을 자
주 들으세요. 스스로가 즐거워하는 걸 자주 해주세요. 또
한 가지 좋은 방법은 글을 쓰는 거예요. 글을 쓰면서 의식
화되지 못한 나의 무의식을 볼 수 있어요. 그게 나의 신명
과 소통하는 과정이기도 해요. 이렇게만 하셔도 마음이 안
정되고 운이 좋아질 거예요. 너무 당연한 이야기 같지만,
원래 진실은 단순하니까요. 이런저런 노력을 해도 안 될
때, 자꾸 귀신이 보이고 너무 혼란스러워지면 그때 저를
다시 찾아주세요."

손님은 감사하다며 돌아갔고, 이후로 나는 손님이 매일 춤추듯 즐겁게 생활하고 있다는 소식을 들었다. 물론, 약을 먹거나 음악을 듣고 즐겁게 생활하려고 해도 괜찮지 않을 때가 있다. 논리적으로 맞아떨어지지 않는 부침에 힘들 때도 있다. 이런저런 활동을 해도 혼란스럽고, 도저히 마음이 안정되지 않는 경우도 있다.

어떻게 해도 안 되고, 다른 길이 없다고 느낄 때 내림굿을 받게 된다. 내림굿을 받은 입문자는 자기 아픔의 주인이 되어 살아온 지난날을 적극적으로 재구성할 수 있게 된다. 내가 힘들었던 이유가 내가 잘못해서, 잘못되어서가 아니라 신의 뜻이자 운명이라고 받아들이게 되면 내가 겪은 고통을 다르게 해석하고 재구성할 수 있다. 자신만의 새로운 이야기를 만들어내는 것이다.

이런 손님이 있으면 나는 한 달에 한 번 정도 손님과 소통하면서 내림굿을 준비한다. 공연(내림굿) 날짜를 잡고, 장소를 마련한다. 내림굿을 준비하는 과정은 그 사람만의 신명나는 공연을 기획하는 일이다. 나는 그 공연을 도와주는 일종의 문화기획자다.

내림굿이라는 상징적인 통과의례로 운을 바꿀 수 있다는 믿음, 그리고 이 넓은 세상에 누군가가 나를 위한 무대를 마련하고 마음 쓴다는 사실을 느낄 수 있다면 조금은 달라진 다음날을 맞이할 수 있을 거라 믿는다. 그 무대에서는 돈이 없는 사람도, 몸이 아픈 사람도 모두가 주인공이 될 수 있다. 이 소박한 잔치를 계속 열고 싶다.

짜장면을 먹을까요, 짬뽕을 먹을까요?

신년 운세를 보러 온 손님이 내게 질문했다.

손님   책상을 사려고 하는데요. 동그란 걸 살까요, 네모를 살까요?

칼리   네모가 안정적이에요. 그런데 책상 모양은 왜요?

손님   저는 네모가 좋은데 동그란 게 좋다고 이야기하는 경우도 있어서요.

칼리   어떤 거로 해도 큰 상관이 없어요. 무엇보다 손님이 편안한 것으로 하셔야죠.

손님   저…… 그럼 책상은 나무 원목이 좋을까요? 검은색 철제가 좋을까요?

나는 상담 중에 웃음이 나왔다. 손님들은 결정을 앞두고 나의 의견을 물어보기 위해 점집을 찾는다. 그렇지만 책상의 모양이나 재질을 묻는 손님은 처음이었다. 예전에 어느 코미디 프로그램에서 '미래에 촉망받는 직업'으로 결정을 어려워하는 사람을 위해 대신 결정해주는 직업이 나오는 콩트를 봤다. 짬뽕을 먹을지 짜장면을 먹을지 고민하는 사람을 대신해 '짬뽕'을 선택해주는 결정사. 나는 상담을 하면서 가끔 내가 이런 결정사가 아닐까, 생각한다.

연애 운 상담을 받으러 온 한 손님은 이런 질문을 했다.

> **손님** 소개팅에 나가는데 흰색 옷을 입는 게 좋을까요, 검은색 옷을 입는 게 좋을까요?
>
> **칼리** 손님에게는 흰색이 더 잘 맞아요.
>
> **손님** 그렇군요. 그럼 혹시 데이트할 때 저는 카페가 잘 맞을까요, 음식점이 잘 맞을까요?
>
> **칼리** 그거는 식사 시간에 만나면 음식점에 가는 게 좋고, 가볍게 티타임으로 만난다면 카페에 가는 게 좋겠죠? (멋쩍은 웃음)

손님은 질문을 이어갔다.

> **손님** 이사를 하려고 하는데요. 6월에 갈까요, 7월에 갈까요?
>
> **칼리** 6월이나 7월은 큰 차이가 없어요. 언제 가셔도 괜찮습니다.

손님	그럼…… 제가 몇 층에 사는 게 좋을까요? 고층이 좋을까요, 저층이 좋을까요?
칼리	조건이 된다면 하늘과 가까운 고층이 좋을 것 같네요.
손님	그렇군요. 사실 6층에 살지 10층에 살지 고민하고 있었거든요. 어디가 좋을까요?
칼리	10층이 좋을 것 같습니다만…….
손님	네. 감사합니다. 한 가지 더 여쭤봐도 되나요? 저는 아침형 인간이 맞을까요, 저녁형 인간이 맞을까요?

일상적인 선택에 대한 손님의 질문은 이렇게 계속되었다. 상담을 마무리하고 나니 정말 결정사가 된 것 같은 기분이 들어 생각에 잠겼다.

결정을 어려워하는 손님들이 저마다의 선택지를 들고서 나를 찾는다. 책상 모양을 질문하던 손님도 나름의 절실함이 있기 때문에 나에게 어떤 모양이 좋을지 물어보는 거였다. 그런 손님들의 태도를 이해하지 못하는 건 아니다. 나도 중요한 선택을 앞두고 기도를 드리며 좋은 결정을 위한 메시지를 기다린다.

무엇에든 기대게 되는 것은 의지가 박약하거나 우스운 사람이라서가 아니다. 누구나 무언가에 대한 간절함이 생기면 본능적으로 더 나은 답을 찾으려 한다. 하루에도 몇 번씩 타로 카드를 펼쳐볼 수도 있고, 여기저기 고민을 들고 다니면서 조언을 구할 수 있다.

하지만 모든 순간은 선택의 연속이다. 선택이 아닌 것이 없다. 이 글을 읽을지 안 읽을지도 선택이고, 이 책을 살지 말지도 선택이다. 내가 이 글을 쓸지 말지 역시도. 선택의 순간마다 나의 결정을 의심한다면 인생은 정말 피곤해질지도 모른다.

선택을 잘하고 싶은 마음은 인생에 정답이 있을 거라는, 더 나은 선택이 있을 거라는 믿음에서 온다. 나는 이런 손님들에겐 오히려 '운명'이 있고, 모든 건 운명대로 가기 마련이니 흐르는 대로 선택하고 후회하지 말라고 말하는 편이다.

최근 택시를 탔을 때였다. 택시 기사님이 부처님 같은 온화한 표정으로 내게 말했다. "당신은 세상의 주인공입니다." 나는 갑작스러운 말에 당황했지만 기분이 좋았다. 부처님 미소를 띤 택시 기사님의 말은 계속됐다. "인생은 선택의 연속이에요. 일상을 절제하면서 최상의 컨디션을 유지하기만 하면 매 순간 최선의 선택을 할 수 있어요. 그럼 된 거예요." 친구들과 밤늦게까지 놀지 않고 초저녁에 집으로 돌아가는 나에게 이것이 최고의 선택이라고 칭찬해주는 거였다. 나는 고개를 끄덕이며 감사하다고 말했다. 그래, 지금에 집중하면서 최상의 컨디션을 유지하면 되는 거다.

그런데 나도 이 글을 편집자님에게 보낼지 말지 결정해야 하는데 어떻게 해야 할까? 아무래도 식구들에게 물어봐야겠다.

무당이 점을 보지 않을 때

"이 사람과 헤어져야 할까요?"

많은 손님이 이 질문을 들고 점집을 찾는다. 한 손님은 3년 동안 만난 남자친구와 헤어져야 할지 고민이라며 나를 찾아왔다. 손님은 빛이 나는 얼굴을 가지고 있었다. 그런데 어딘가 슬퍼 보였다. 빛이 밝아졌다가 꺼지는 듯, 깜빡깜빡거렸다. 손님은 프리랜서처럼 혼자 예술작업을 하는 사람이었고 조심스럽고 사려 깊었다.

나는 손님이 남자친구와 어떤 점이 힘들어서 헤어지는 걸 고민하는지 물었다. 손님의 남자친구는 손님이 벌어주는 돈으로 생활하는 자기 처지에 열등감이 느껴진다며, 더 많은 애정을 요구한다고 했다. 눈치를 보던 그녀가 그가 느끼는 열등감이 전해져서 불편하다고 말하자 남자친구는 욕을 했다. 손님은 몇 년 동안 언어폭력에 시달리면서도 아직 자신을 때린 적은 없고, 자신도 잘못한 것이 있다고 느껴서 헤어지지 못했다고 털어놓았다.

나는 말했다. "언어폭력도 폭력이에요." 손님이 말했다. "맞아요. 알고 있어요. 그래서 더 헤어지지 못하는 저 자신에게 자괴감이 들고요." 나는 손님에게 단호하게 답했다.
"데이트폭력은 폭력이지 사랑이 아니에요. 그건 손님도 잘
알 거예요. 점사를 볼 필요가 없어요. 헤어지는 게 맞아요."
폭력에 익숙해지면 자신이 나쁜 말을 들어도 마땅한 사람
이라고 느끼게 된다. 이걸 가스라이팅이라고 부른다. 헤어
지기를 원해도 스스로가 유난스러운 사람이 아닌지 의심
스러워 다시 상대를 만나게 되는 것이다. 가스라이팅을 당
하는 사람은 상대와 멀어지기를 힘들어한다. '그래도 좋을
땐 좋은 사람인데⋯⋯. 나를 가장 잘 아는 사람인데⋯⋯. 내
가 잘못한 것도 있는데⋯⋯' 하면서 점점 관계를 끊기 어려
워진다. 손님은 이별하겠다고 말했지만, 많은 사람이 그래
왔듯 손님도 쉽게 이별하긴 힘들 거라 예상했다.

설사 손님이 이별을 못 하더라도 손님이 잘못해서가 아니
다. 가스라이팅을 당하는 많은 피해자가 헤어지지 못한다
고 비난받는다. 이게 쌓이면 자괴감이 되고, 다른 사회적
관계가 단절되기 시작한다. 그래서 나는 손님에게 덧붙이
며 말했다. "헤어지기 어려울 거예요. 그래도 시도해보고,
혹시 이별하지 못했어도 언제든 또 찾아주세요." 손님은

알겠다며 헤어지겠다는 결심을 하고 돌아갔다. 손님이 부디 폭력에 적응하지 않고, 그 자리를 박차고 나오길 바랐다. 손님이 안전하게 이별할 수 있기를 바라며 기도했다.

데이트폭력 가해자의 사주를 보면 특별히 문제가 없다. '폭력적인 남편', '폭력적인 남자친구'의 사주는 정해져 있지 않다. 문제는 폭력적으로 변하기 쉬운 관계다. 일대일 이성애 독점 관계에서 폭력은 쉽게 일어난다. '너는 나의 것'이라는 의식이 집착과 구속을 당연한 사랑의 방식이라고 착각하게 만들기 때문이다. 이런 문화에서는 무당도 자유롭지 않다. 남편에게 정서적, 신체적 학대를 당하다가 내림굿을 받게 된 무당이 많다고 들었다. 무당이 되어서도 가스라이팅을 당하는 경우도 있다. 나 역시 데이트폭력을 당한 적이 있다.

많은 손님이 폭력적인 상황에서 나를 찾는다. 한 번 만난 남자가 집 앞으로 찾아와 만나달라고 조르고 있다며 무서워하는 손님, 남편이 분노 조절이 안 돼서 물건을 던지곤 하지만 그 사람이 불쌍해서 이혼을 할지 말지 고민하고 있다는 손님…… "이 사람 어떻게 해야 할까요?" "저에게 왜 이러는 걸까요? 전생에 무슨 인연이길래…… 아니면 제가 이런 사람을 만날 팔자인가요? 제가 남자 복이 없다는 말을 듣긴 했는데요……!" 손님들은 매번 비슷한 질문을 한다. 많은 여성이 친밀한 관계에서 답답함을 느끼며 점집을 찾는다. 이런 상황에서 가장 무책임하고 쉬운 처방은 '여자의 사나운 팔자'로 진단하는 것이다. 완벽한 오진이다. '그러게 왜 그런 남자를 만나서, 남자 보는 눈이 없네, 왜 바보같이 못 헤어지는 거야'라며 손가락질당하는 데이트폭력 피해자에게 무당마저 탓을 돌리면 그들은 기댈 곳을 완전히 잃게 된다. '내 팔자가 사나워서' 이런 사람을 만난다고 자신을 탓하며 체념한 채로 무기력하게 관계를 이어가게 될지도 모른다.

나는 손님들에게 말한다. "손님이 당하는 일은 에피소드가 아니라 폭력이에요. 점집이 아니라 경찰서에 가야 하는 일이에요. 헤어질지 말지 점사를 봐야 하는 일이 아니고, 당장 헤어져야 하는 상황인 거예요. 그리고 폭력을 당한 건 손님의 탓이 아니에요. 절대 자신을 자책하지 마세요."

손님에게 다시 연락이 온 건 3개월 후였다. 상담 후에도 헤어지지 못하고 있었다고 나에게 털어놓았다. 그러다 얼마 전 남자친구가 다른 여자와 바람을 피우고 있다는 사실을 알게 됐다고 했다. 그녀는 정신이 든 것 같다며 이제 헤어질 거라고 결심했다.

손님은 강단 있는 성격에, 하고자 하는 일도 뚜렷한 사람이었다. 나는 손님에게 말했다. "손님은 누구에게도 구속될 수 없는 사람이에요. 누군가와 연애하거나 결혼하지 않아도 혼자서 빛날 수 있어요. 두려움 없이 빛나주세요."

바리데기 이야기

바리는 일곱 번째 딸로 태어났다. 왕족인 부모는 여섯째까지 딸을 낳다가, 일곱째도 딸인 것을 알고 아이를 버린다. 바리데기는 '버린 아이'라는 뜻이다. 버려진 바리가 열다섯 살이 되었을 때 부모는 병에 걸린다. 저승문에 부모의 병을 낫게 할 약이 있는데, 죽은 자만 갈 수 있는 곳이라 아무도 가지 않으려 했다. 부모는 바리를 찾아가 자신의 병을 낫게 할 약을 가져와 달라고 부탁한다.

바리는 약을 가지러 저승문 서천서역국으로 갔다. 바리가 저승문에 도착하자, 그곳에 있던 무장승은 약을 가져가는 대신 자기 아이를 낳고 살림해야 한다고 했다. 그의 조건대로 바리는 저승에서 9년을 보낸다. 3년 동안 나무를 하고, 3년 동안 물을 긷고 3년 동안 불을 땠다. 일곱 아들을 낳으며 고되게 노동하던 바리는 약을 가지고 이승으로 온다. 그사이 부모는 이미 죽었는데, 바리가 가져온 약을 먹자 다시 생명을 얻는다. 부모는 바리에게 왕국으로 들어오라고 했지만, 바리는 길 잃은 영혼을 돕고 싶다며 자리를 떠난다.

속세의 왕위를 버리고 산 것도 죽은 것도 아닌 채로 이승과 저승 사이의 다리로 돌아온 바리. 바리는 저승길이 세 갈래로 나뉘는 길목에서 길 잃은 영혼을 안내해준다. 많은 무당이 정성 들여 기도하는 존재가 바로 최초의 무당, 무당의 조상 바리데기다. 죽은 자의 영혼을 천도(죽은 사람의 영혼이 천상에 가도록 기원하는 일)하는 바리데기 이야기는 지노귀굿, 씻김굿과 같은 죽은 영혼을 천도하는 사령제로 전승되고 있다.

언니와 내가 태어난 1988년과 1990년에 여아 낙태가 많이 행해졌다. 무진년생, 경오년생 여성들의 팔자가 사납다는 이유였다. 여자아이들은 그렇게 사라졌다. 언니와 나는 그때 태어나 생을 이어가고 있다. 그러나 여자라서 버림받는 일은 지금 이 시대에도 일어나고 있는 일이다.

얼마 전, 절 주변을 산책하다가 지나가는 사람들의 말을 들었다. "줄줄이 딸이었는데 넷째에 아들을 낳았대." "인생 역전했네." "그렇다니까." 지나가던 사람들이 하는 말을 듣고 나는 여기가 21세기인지, 바리데기가 태어난 그 시대인지 헷갈렸다. 아직도 여자라는 이유로 버려지고, 죽임을 당하고, 자리에서 밀려나는 이들이 존재한다.

나는 4킬로그램의 우량아로 태어났다. 엄마는 배 속에서 우렁차게 발로 차는 내가 아들일 거라 예상했다고 한다. "호랑이가 숲속으로 안내했어. 그 길을 따라서 수풀을 헤치다 보니까 초록색 고추 다섯 개가 놓여 있더라고. 그래서 당연히 네가 아들일 줄 알았지!" 엄마는 내 태몽을 이렇게 말하곤 했다. 고추 다섯 개라니, 아들일 거라고 생각할 만하다. 엄마는 나를 낳은 후 산부인과에서 실망한 할머니의 얼굴을 봤다고 한다. "아들인 줄 알고 할머니가 달려오더니, 딸이라는 걸 알고 실망하셨어. 그래서 갈비도 못 먹었어." 아들이면 갈비를 먹기로 했는데, 내가 딸이라서 갈비를 먹지 못했다는 것이다.

어린 시절 나는 여자아이들이 입는 분홍색 옷을 입지 않고 남자아이들이 입는 파란색 옷을 입고 다녔다. 언니도 딸, 나도 딸이니까 나는 집에서 막내아들처럼 굴어야 사랑받는다는 걸 알았다. 내가 여자로 태어난 것이 답답하게 느껴진 건 중학교에 들어가면서부터였다. 원하지 않는 교복 치마를 입어야 했고, 월경이 시작되자 몸단속 잘해야 한다는 잔소리를 들으면서 답답함을 느꼈다.

세상에서 말하는 '성공' 이야기에는 '남성'이라는 조건이 붙어 있었다. 동화책도 그랬고 위인전, 종교의 경전도 그랬다. 여성이 성공하려면 '훌륭한 어머니'이거나 '지혜로운 아내'가 되어야 했다. 성자인 아들을 낳은 성모, 바보 같은 남편을 교화해 왕으로 만든 평강공주, 아버지를 위해 인당수에 몸을 던진 심청이를 만나면서 결국 여성인 내가 갈 자리는 착한 딸, 아내, 어머니일까 고민했다. 그렇다고 기존 사회규범에 순응하면서 경쟁에서 혼자 살아남는 방식도 마음에 들지 않았다.

내가 바리데기를 처음 알게 된 건 중학교 때였다. 교과서에서 바리데기는 부모에 대한 '효심'으로 칭찬받고 있었다. '죽음까지도 넘어서는 효심'이라는 말이 기억난다. 효심 때문에 모르는 남자의 아들 일곱을 낳으며 9년 동안 고생하는 바리의 모습은 공포 영화를 보는 것처럼 거북하고 무서웠다. 하지만 부모가 권유한 왕족의 자리를 버리고 홀로 저승에 갔다는 결말이 신선했다. 여성의 자리인 말 잘 듣는 딸, 아내, 어머니로서의 자리와 '성공'의 자리까지 버린 바리를 보며 새로운 자리를 상상할 수 있었다.

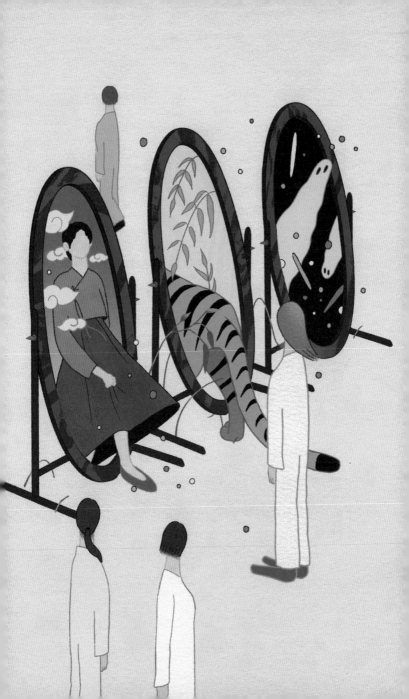

신 선생님에게 내림굿을 받을 때 무속신앙에서 전해져 내려오는 바리데기 이야기를 다시 만났다. 다시 만난 바리데기를 보며 나는 슬픔을 느꼈다. 버려진 아이로 살아온 바리가 저승까지 가게 된 여정이 꼭 이 세상에서 소외된 많은 존재들의 여정과 닮아 보였기 때문이다.

나의 신 선생님은 어린 딸과 남편과 함께 살던 평범한 주부였다. 딸이 몹시 아프던 날, 홀로 딸을 병간호하다가 남편이 외도한다는 소식을 듣고 충격을 받아 그 자리에서 쓰러졌다. 신 선생님은 며칠 동안 사경을 헤맸다. 그때 잡을 수 있는 지푸라기라고는 아무것도 없었다. 그러다가 신령님의 이름을 외치며 홀로 눈을 떴다고 한다. 신 선생님은 그 후로 무당이 되었다. 그것밖에는 할 수 있는 일이 없어서 무당이 된 것 같다고 했다.

무당의 내림굿 현장은 종종 눈물바다가 된다. 상처받으며 바깥으로 밀려났던 나의 위치가 필름처럼 지나간다. 한을 뱉듯 주저앉아 눈물을 뱉다가 다시 일어나 위아래로 방방 뛴다. 바리가 버려진 자의 위치로 남아 있겠다고 말하던 그 자리다. 하늘과 땅, 저승과 이승 사이에 서겠다는 의지로 방방 뛰는 동안 바리데기는 신령으로, 오래된 또 다른 나로 함께한다.

바깥으로 밀려난 이들은 이승과 저승의 경계를 넘을 만큼 비참하고 광활한 세계를 응시한다. 그 세계를 응시하는 이들만이 할 수 있는 기도가 있다. 바깥에 서야 뒤에서 모든 걸 끌어안을 수 있는 것처럼, 죽음과 생의 경계에 있기에 삶의 비참함과 고통까지 끌어안는 기도를 할 수 있다. 바리데기 이야기는 소외되고 버려진 현대의 바리데기들에게 새로운 자리를 선물해준다. 새로운 결말을 만들어나갈 위로와 용기도 함께.

당신의 동녀는 무엇을 원하나요 ?

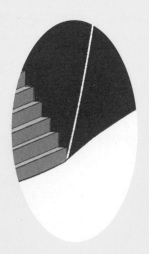

나에게는 함께하는 신령님들이 있다. 점사를 볼 때 함께하는 대신 할머니는 노란색 치마에 빨간 저고리를 입고 있다. 글문 도사님은 하늘색 도포를 입은 분으로, 부적을 그릴 때 내 곁에 있다. 용왕 대신님은 하늘과 바다의 경계에서 만물의 이치를 꿰뚫는 눈을 가졌다. 그분이 있으면 나는 빠르게 원리를 이해하고, 매끄럽게 글을 쓰고, 적확한 말을 할 수 있게 된다. 나랏일을 하던 장군, 군인으로도 알려진 군웅 별상님은 검은색 옷을 입고 있다. 불의에 분개하며 세상 전체를 개혁하려는 의지를 갖추고 활동하는 군웅 별상님은 부패한 권력에 반대하는 집회 현장에서 나와 함께했다. 마고 할머니는 늘 곁에 있는 분으로, 내가 아침에 일어나서 기도할 때와 잠들기 전 기도할 때 넓은 품으로 모든 기도를 들어준다. 마고 할머니에게 기도를 드릴 때면 마음이 광활하고 평온해진다.

무당마다 모시는 신령들이 다르다. 어떤 무당은 한 신령만 모시기도 하고, 어떤 무당은 아주 많은 신령을 모시기도 한다. 어떤 시기가 되면 새로운 신령을 모시게 되기도 한다. 신령들이 나와 함께하는 이유는 내가 무당이라는 특별한 존재여서가 아니다. 신령은 우리 모두에게 잠재된 존재다. 아직 모두에게 이름 불리지 않았을 뿐. 무당은 이름이 있는 각 신령과 소통하며 현실 세계를 변화시키는 사람이다.

영화 「아이덴티티」 시리즈를 보면, 다양한 신령들의 형상을 눈치챌 수 있다. 주인공은 할머니와 할아버지, 성별이 다른 존재와 어린아이로도 변한다. 주인공의 다양한 변신은 접신한 무당의 모습과 비슷하게 보인다. 물론 영화 속 주인공은 신령의 힘을 제어하지 못한다는 점에서 무당과 다르지만. 꼭 영화 속 예가 아니더라도, 나의 정체성은 누구를 만나느냐에 따라 다양하게 변화한다. 어떤 친구를 만나면 해맑은 어린아이처럼 변하기도 하고, 어떤 친구를 만나면 수줍음 많은 할머니가 되기도 한다. 모두에게 다양한 얼굴이 잠재된 것이다.

동녀는 나와 함께하는 신령 중 하나다. 동녀의 역량은 연애 운 점사를 볼 때 드러난다. 나의 전 애인이 바람을 피우고 있는 사실을 알려준 것도 동녀였다. 눈치 빠른 아홉 살 여자아이, 동녀. 그런 동녀를 위해 나는 오색 방울을 하나 사줬다. 한 손 크기만 한 자그마한 방울. 은색 기둥 위로 초록색, 보라색, 파란색, 빨간색, 핑크색, 금색, 은색 방울이 색색이 매달려 있는 방울을 쥐고 흔들면 아이들의 웃음소리가 들린다. 동녀는 그 웃음소리 속에서 공수를 준다.

동녀가 내게 온 건 인도에서 일본의 부토 춤을 추다가 트랜스 상태를 경험할 때였다. 동녀는 아기 목소리로 사람들에게 "저 미친 거 아니에요. 가지 말아요"라고 이야기했다. 억울한 것 많은 아홉 살 여자아이. 그런 동녀의 모습은 아홉 살의 내 모습과 닮아 있다. 엄마와 떨어지기 싫어서 학교에 안 가겠다고 떼쓰던 나, 학교에서 내내 창밖을 바라보고 있다가 혼나던 나.

얼마 전, 동녀와 함께 시작한 취미 생활이 있다. 바로 피아노 연주. 나는 아홉 살 때 배우다가 중간에 포기한 것이 많다. 피아노 연주, 자전거 타기가 대표적이다. 나는 『바이엘』을 3권까지 배웠다. 아홉 살 인생, 애초에 사는 게 재미없던 나는 피아노에도 금방 흥미를 잃었다. 양손으로 동시에 피아노를 쳐보지 못하고 학원을 그만 다니게 된 후, 피아노 앞에 앉아본 적이 없다. 그런 내가 서른 살이 넘어 피아노 앞에 다시 앉았다. 건반을 치자 아홉 살 때의 기억이 필름처럼 지나갔다. 피아노 학원에 가서 음표 숙제를 풀다가 가방을 던지고 피아노 연습실로 가서 짜증스럽게 '학교종이 땡땡땡'을 치던 나, 작은 손가락으로 건반을 누르면서 '어서 집에 가고 싶다'고 생각하던 아홉 살의 내가 떠올랐다.

새로운 언어를 배우는 느낌으로 건반과 손가락이 친해지고 있는 요즘이다. 피아노 선생님이 내 옆에 앉아서 메이저와 마이너의 원리와 건반을 설명해줄 때 나는 전에 느껴보지 못한 경이로움을 느꼈다. 양과 음의 원리처럼 희고 검으며, 주역의 팔괘처럼 8도의 옥타브가 생기는 피아노의 건반이 신비롭고 낯설게 다가왔다. 악보를 보면서 천천히 피아노 건반을 누르고 있으면 옆에서 나와 함께하는 아홉 살 여자아이가 느껴진다.

요즘은 피아노로 관세음보살 진언을 연주하고 있다. "남모라나 트라야야 나무아야 차나 사카라 바이로차나……." 연주가 끝나면 따뜻한 코코아를 마신다.

나는 동녀를 위해 가끔 과자를 먹는다. 동녀가 가장 좋아하는 순간은 맛있는 과자를 먹을 때다. 따뜻한 목욕도 좋아해서, 목욕을 할 때 어린아이의 몸을 닦아주듯 정성스럽게 내 몸을 닦게 된다.

동녀와 함께하는 일상은 달콤하고 즐겁다. 함께 과자를 먹고, 다 배우지 못한 피아노 건반을 치고, 따뜻한 목욕을 시켜주게 한 동녀가 곁에 있어서 하루가 다채로워졌다. 동녀를 만난 후 나를 돌보는 일을 부차적인 일로 여기지 않게 되었다. 어쩌면 동녀가 나를 돌보는 것일지도 모른다. 나는 동녀에게 묻는다. '다음엔 뭘 하고 싶어? 아직 다 배우지 못한 자전거 타기? 여전히 무서워하는 공놀이?'

누구에게나 함께하는 동녀, 동자가 있을지 모른다. 그들은 심리학에서 '내면의 어린아이'라고도 불린다. 그래서 한껏 상처받은 모습으로 나타나기도 한다. 그들은 '나를 돌봐달라'며 떼쓰는 아이의 얼굴로 나타나고, 때로는 눈치 빠르고 총명한 아이의 얼굴로 드러난다. 꼭 내 안의 동녀, 동자를 인식하지 않더라도, 나를 돌보는 마음으로 하루에 30분쯤 자신을 아껴주는 시간을 마련하는 일은 내 안의 신령에게 기도하는 일과 같다. 어떤 손님이 오면 동녀가 화내거나 운다. 울고 있는 동녀, 동자가 보이는 손님들도 많다. 나는 그런 손님들에게 말한다. "자신을 돌봐주세요. 목욕도 정성껏 해주시고, 배우고 싶던 일도 마음껏 시도해주세요. 제사를 지내듯 정성껏 요리하고 먹어주세요. 맛있는 과자도 음미하면서 천천히 먹고요. 자신을 채찍질하지 마세요. 어린아이처럼 달래도 주고, 내면의 아이를 돌보듯 자신을 사랑해주세요."

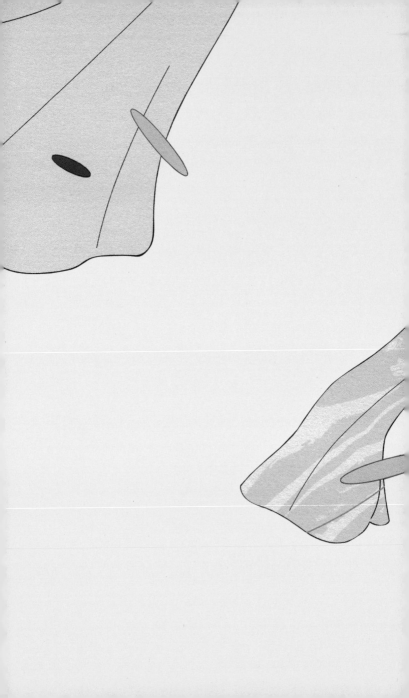

흉한 점괘에 대처하는 우리의 자세

갓 신내림을 받고 점사를 볼 때였다. 손님이 찾아오기 전부터 어깨가 무겁고 속이 답답했다. 오늘은 어떤 손님이 찾아오는 걸까 고민했다. 도착한 손님의 얼굴을 보니 불길한 느낌이 들었다. 손님이 말했다. "중요한 시험을 앞두고 있는데, 합격할 수 있을까요?" 나는 말했다. "지금은 시기가 어려워서 올해는 어렵고 내년에 승산이 있어요." 손님은 크게 실망한 얼굴로 말했다. "3년 동안 준비한 시험인데, 이번에도 떨어지면 너무 힘들 것 같아요." 나는 다시 점사를 봤다. 그러나 아무리 봐도 올해에 시험에서 합격하는 모습은 보이지 않았다. 대신 건강에 문제가 생길 수 있으니 조심해야 한다는 점괘가 나왔다.

나는 잠시 고민하다가 손님에게 솔직하게 말했다. "손님, 시험 운보다도 건강을 잘 챙기셔야 해요. 지금 어깨도 무겁고 머리도 많이 어지러워져 있는 상태인데 운동 꾸준히 하면서 천천히 시험 준비를 해보세요. 내년까지 바라보고 하시는 거니까 일상도 즐기면서 공부하세요." 손님은 알겠다며, 그래도 열심히 노력해보겠다고 말했다. 상담이 끝날 무렵 나는 말했다. "손님, 그렇게 건강을 정화하고 나면 시험도 올해 붙을 수도 있겠어요. 몸이 바뀌면 내 운명도 바뀌거든요. 지금은 합격 운이 보이지 않지만, 나중엔 다를 수 있어요."

몇 개월 후 손님에게 연락이 왔다. "선생님, 저 혹시나 해서 희망을 가지기도 했지만 결국 탈락했어요. 미리 알고 있었으니까 마음의 타격이 크진 않아요. 다음 해에는 합격할 거란 걸 믿고 열심히 계속 공부해보려고 해요. 감사합니다." 나는 손님에게 그동안 수고했다고, 결과가 어떻든 공부하는 일은 기도하는 일과 같아서 덕을 쌓는 중이라는 걸 잊지 말라고 말씀드렸다.

흔히 흉괘라고 하면 시험에 불합격하거나, 몸이 아파지거나, 원하는 직장에 취직이 되지 않거나, 사랑하는 사람과 이별하게 되는 점괘가 나오는 것을 뜻한다. 인간사에서 좋지 않은 이별, 고통, 인내하는 시간을 보통 흉하다고 해석하지만, 더 큰 관점에서 그 시간들은 영적으로 기도하는 시간이 되기도 한다. 그래서 흉해 보이는 점괘는 있어도, 흉하고 안 좋은 인생 여정은 존재하지 않는다.

시험을 준비하기 위해 공부하는 시기는 영적으로 기도하

는 시기와 기운이 같다. 혼자서 눈에 보이지 않는 개념을 탐구하고, 외부 자극이 최소화된 상태에서 자신에게 집중하고, 몰입하는 시간을 갖는 공부는 기도나 명상과 비슷하다. 그러니 시험에 불합격했다고 해서 흉괘로 보기 어렵다. 불합격했다 하더라도 시험을 준비하는 동안 공부로 덕을 쌓아온 것이기 때문이다.

몸이 아프게 되는 것도 그렇다. 영적으로 깊어지는 시기에 몸의 고통이 종종 생기는데, 이것은 흉괘라기보다는 메시지에 가깝다. 그래서 건강에 문제가 생기는 점괘가 나오면 왜 건강에 문제가 생기는지 질문한 후 그 이유를 손님에게 풀어서 설명하는 식으로 점사를 본다.

사랑하는 사람과 이별을 하는 것도 마찬가지다. 인연이 다되어서 이별하게 될 때도 있지만 인생에서 큰 변화를 앞두고 인연이 물갈이되는 시기가 오면 기존 인연이 떠나가는 것은 자연의 이치다. 가을에 나뭇잎이 떨어지는 이치를 흉하다고 보지 않듯, 또 새롭게 채워질 인연들을 생각하면 이별도 흉괘가 아니게 되는 것이다.

"제 앞이라서 좋은 말만 해주시는 거 아니죠?"

많은 손님들이 내가 점사를 해석해주면 이렇게 묻는다. 만사가 좋을 수만은 없다고, 불행한 서사가 있어야 진실이라고 믿는 걸까. 불행이라고 보이는 것들은 주변에 끊임없이 넘쳐난다. 우리는 이미 병들고 늙어가는 몸으로 태어났고, 불확실한 세상을 살아가기 때문에 어떤 불행이 있을지 점치는 건 지뢰밭에서 지뢰를 찾는 일만큼이나 쉽다. 하지만 설사 흉한 점괘가 나왔다고 해도, 그것을 단정 지으며 손님에게 말하는 일은 조심스러워야 한다.

운명을 전달하는 사람이 안내 없이 흉한 점사 결과만 말한다면 손님은 당황할 것이다. "그럼 부적을 써야 할까요?" "굿을 해야 할까요?" 이런 질문이 돌아오기 마련이다. 부적이나 굿이 효험이 있으려면 그걸 받아들이는 손님이 그 효험을 믿고 있어야 한다. 불행한 이야기를 듣고 걱정에 가득 찬 손님이 부적을 받은 후 안심하고 굿을 하면서 액운을 막았다고 믿으면 실제로 액운을 면하게 된다. 그렇다면 애초에 손님에게 불행 자체를 각인시키지 않고 불행의 원인을 충분히 풀어 설명하는 방식으로 점사를 보는 것이 깔끔하다.

나는 점을 보러 오는 손님들에게 '믿게 되는 만큼만 믿으라'고 말한다. 만일 점을 보러 갔다가 흉한 점괘가 나오면 이 말을 명심하면 된다. 내가 믿고 싶은 만큼만 믿자. 물론 흉한 점괘가 나오면 믿고 싶지 않아도 계속 떠오르고 각인되기 마련이다. 흉한 일이 내게 일어난다고 믿게 되면 정말 그런 상황을 끌어당기게 되는 경향도 있다. 흉한 점괘를 듣고 계속 찝찝함이 남고, 점사를 다시 보기도 어려운 상황이라면 점괘에 대한 내 생각을 글로 정리하는 것을 추천한다. 글로 생각을 정리하는 일은 공부처럼 기도나 명상과 비슷하니 액운을 모면하는 비방이 된다.

손님을 위해서 흉괘를 함부로 말하지 않는 것도 있지만, 사실 나 자신을 지키기 위해서라도 흉괘를 함부로 이야기하지 않는다. 왜냐하면 무당인 내가 만나는 모든 인연과 장면들은 나의 거울이고, 손님의 점괘는 나의 점괘이기도 하기 때문이다. 이것을 잊고 무책임하게 흉괘만 말해주고 상담을 끝낸다면 손님의 액운은 고스란히 나의 액운으로 되돌아온다. 내가 한 말에 내가 베이는 것이다.

내게 힘든 일이 생기면, 꼭 비슷하게 힘든 일이 생긴 손님이 찾아온다. 내가 겪은 불행 덕분에 손님의 불행을 마음속 깊이 들을 수 있고, 함께 길을 찾을 수 있어서 감사하다. 그래서 나에게 흉괘는 없다.

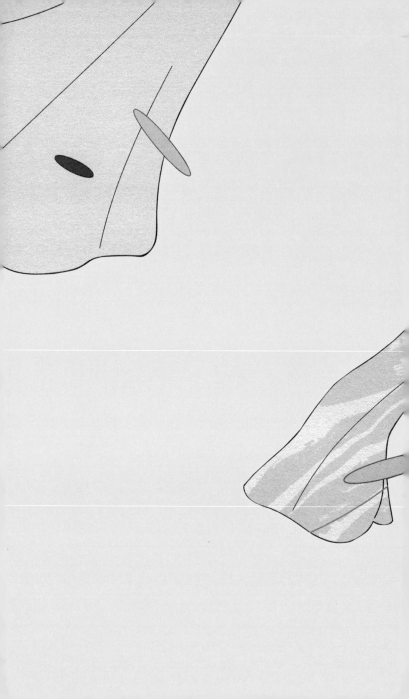

우리 사이는 궁합이 정해주는 게 아니에요

궁합은 혼인을 앞둔 신랑 신부가 서로의 관계 운을 점치는 방법이라고 백과사전에 나와 있다. 하지만 백과사전의 설명과 달리 궁합은 혼인을 앞둔 사람만 볼 수 있는 게 아니다. 함께 일하는 사람들과의 역동, 함께 지내는 친구들과의 역동도 볼 수 있다. 이성끼리만 볼 수 있는 것이 아니라 동성끼리도 볼 수 있고, 일대일이 아니라 가족, 친구, 사업 파트너들과의 궁합도 볼 수 있다.

궁합은 관계의 역동을 보는 것이다. 관계가 얼마나 잘 맞는지, 관계가 언제까지 이어질지 같은 것 말이다. 그 사람의 팔자와 나의 팔자가 만나서 어떤 충돌이나 상생을 만들어내는지 알고 나면 서로에게 양보해야 할 부분은 무엇인지, 어떤 시기에 충돌을 조심해야 하는지 알 수 있다.

"저희는 궁합은 좋다고 했는데 계속 싸우게 돼요."

한 손님이 찾아와 내게 말했다. 나는 사주 궁합을 펼쳐봤다. 손님 말대로 충돌 없이 흐르는 궁합이었다. 나는 물었다. "주로 어떤 것 때문에 싸우게 되시나요?" 손님이 말했다. "상대방이 가사 돌봄 노동을 안 해요. 그래서 저 혼자 사랑을 베푸는 것 같아요." 나는 궁합을 보다가 멈칫했다.

관계를 규정하는 건 궁합이 아니라 서로에 대한 끊임없는 의지이기 때문이다. 궁합이 아무리 좋아도 소통하려는 노력인 감정 노동, 책임지려는 노동인 돌봄 노동, 가사 노동 등을 하지 않는다면 관계는 끝이 나기 마련이다.

내 주변에도 궁합 자체는 맞지 않지만 늘 함께 돌봄 노동과 감정 노동을 하면서 지내는 커플들이 있다. 나는 손님에게 이야기했다. "궁합보다 중요한 건 그 사람에 대한 노력이에요. 아무리 좋은 궁합이어도 서로에 대한 노력을 멈추면 관계는 인연을 다할 수밖에 없고요. 물론 노력하려는 의지가 생기는 것도 궁합의 일부예요. 그렇지만 지금 시기는 두 분 중 한 분이 서로에 대한 노력을 놓고 있는 모습이에요. 잘 소통해보시면 좋겠어요."

반대의 이야기를 듣고 오는 분들도 있다.

"저희가 궁합이 나빠서 결혼을 하지 못했는데, 진짜로 궁합이 그렇게 안 좋은가요?"

점사를 봤더니 서로 충돌하는 기운이 강했다. 하지만 궁합은 단순하지 않다. 충돌이 많은 관계라고 해서 무조건 나쁜 궁합이라고 보는 건 단편적인 해석이다. 오히려 충돌하기 때문에 서로에게 새로운 걸 배울 수 있는 좋은 반려자가 되는 경우도 많다.

나는 손님에게 말했다. "두 분이 서로에게 많은 걸 배우고 있어요. 서로를 믿어주고 받아들이면 돼요. 세상에 좋은 궁합, 나쁜 궁합은 따로 없어요. 결국 중요한 건 궁합이 어떻든 서로를 포기하지 않는 의지와 책임감이에요. 이 마음 그대로라면 두 분은 함께 잘 살 거예요. 이게 좋은 궁합이죠. 나에게 그런 책임감과 의지를 주는 관계가요."

애정 운에 고민이 있다는 또 다른 손님은 이렇게 물었다.

> 손님 만나고 있는 친구가 있는데, 친구 같기도 하고 연
>   인 같기도 해요. 저는 이 사람과 계속 만나고 싶은
>   데 이 사람과 저는 어떤 관계가 될까요?
> 칼리 계속 만나시면 되겠는데요. 문제가 무엇이죠?
> 손님 우리가 연인이 될지, 친구로 남을지 궁금해요.

이미 잘 만나고 있다니 두 사람의 궁합은 볼 필요도 없겠다고 생각했지만, 관계에 어떤 이름을 붙일지가 고민이라

면 또 다른 문제였다. 애정 운에 고민이 있는 손님들의 질문 순서는 비슷한 편이다. 좋아하는 친구가 있다면 이 사람과 연인이 될지를 묻는다. 나는 그럴 때마다 난감해진다. 친구 관계가 좋을지, 연인 관계가 좋을지는 사주 궁합으로 볼 수 없기 때문이다.

서로에게 친밀감과 열정과 책임을 느끼는 관계는 친구이기도 하고 연인이기도 하다. 보통 연인이 될 관계인지를 보려면 속궁합을 보고, 속궁합이 잘 맞으면 연인으로 '발전'하는 관계라고 해석되곤 한다. 하지만 여기서 드는 의문. 친구끼리는 속궁합이 없을까? 그리고 연인과 친구를 딱 나눌 수 있는 것일까? 사주 궁합에서도 친구의 기운, 연인의 기운이 따로 없는데 말이다. 결국 해석하는 사람의 편견이 개입될 수밖에 없다. 이성애나 동성애, 여성 남성 이분법, 친구 아니면 연인이라는 이분법은 해석하는 사람의 편견일 뿐이지, 궁합에는 그런 이분법이 없다. 그 때문에 나는 관계에 대해서도 열린 해석을 하곤 한다.

손님은 이어서 말했다. "사실 우리 사이를 연인이든 친구든 구분 짓고 이름 붙이는 게 부담스러운데, 그게 충분히 사랑하지 않아서인가 하는 생각도 들고요." 나는 손님에게 말했다. "손님, 일대일 독점 연애 말고도, 이름 붙이는 연애 말고도 여러 가지 사랑의 방식이 가능해요. 그분과도 '나만을 바라보는 내 애인이 되어줘'라고 말하고 관계를 규정짓기보다는 '이대로 친구처럼 연인처럼 쭉 함께 만나자'라고 말하고 규정짓지 않는 관계로 만나셔도 괜찮아요." 손님은 사실 일대일 독점 연애 관계에서 답답함을 느껴왔다고 털어놓았다. 상대방이 집착할 때마다 부담스럽고 힘들었는데 관계 자체를 재구성할 생각은 하지 못했다며 이제는 다른 관계 방식을 고민해봐야겠다고 했다.

사람의 마음은 한 사람만 사랑할 수 있는 구조로 되어 있지 않다. 궁합도 그렇다. 동시에 여러 사람을 좋아하게 될 수도 있다. 동시에 여러 친구를 사귈 수 있는 것처럼, 동시에 여러 사람을 좋아하게 될 수도 있는 것이다. 이렇게 사랑하는 방식을 오픈 관계, 혹은 폴리아모리 관계라고도 부른다. 나와 함께 사는 반려인 세 명은 폴리아모리 관계다. 불 기운의 새벽과 물 기운의 우주, 금 기운의 먼지는 연인이자 가족이자 친구다. 물 기운이 강한 우주는 새벽과 먼지의 정서적인 안정감을 도와주고, 불 기운이 강한 새벽은 우주와 먼지가 더 빛날 수 있게 비추어준다. 금 기운이 강한 먼지는 새벽과 우주에게 든든한 울타리를 만들어준다. 서로를 지켜주는 세 사람의 궁합을 보면서 나는 세상에는 다양한 사주만큼이나 다양한 사랑의 방식이 존재한다는 걸 느낀다. 사람들의 사랑과 관계를 편견이 들어간 해석으로 가두지 않기 위해 나는 오늘도 다채로운 사랑의 방식을 공부한다.

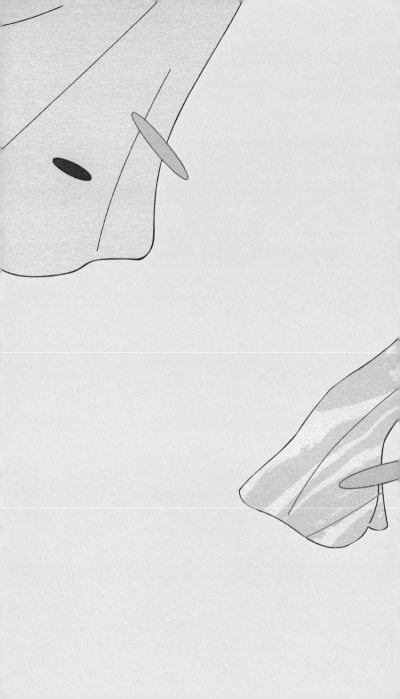

이분법을 벗어나는 판 깔기

연애 운을 보러온 손님에게 나는 공통적인 질문을 한다.

"혹시 성별 정체성과 성적 지향을 알려주실 수 있을까요?"

내가 처음부터 이런 질문을 했던 건 아니다. 옛날에 온라인으로 점사를 볼 때였다. 프로필 사진에는 긴 머리에 스커트를 입은 손님의 모습이 보였다. 나는 당연하다는 듯이 손님에게 물었다. "지금 남자친구는 없지요?" 손님은 당황하며 말했다. "사실 저는 스스로를 남성이라고 생각하고, 여자를 좋아해요."

나는 커밍아웃을 해준 손님에게 고맙다고 말하며, 사진만 보고 함부로 판단해서 죄송하다고 여러 번 덧붙였다. 나는 손님이 자신을 남성으로 인식하는 트랜스젠더이고 남자가 아닌 여자를 좋아하는 사람인지 몰랐다. 그런 사람을 앞에 두고 내가 무심코 남자친구라는 말을 해버리는 실수를 한 거다. 이런 말을 수없이 들었을 손님에게 무당마저 성별 이분법과 이성애 규범에 갇힌 점사를 봐주려고 했으니, 손님은 얼마나 답답했을까.

그날 이후 나는 연애 운을 보는 손님들에게 '남자친구', '여자친구'라는 말 대신 '애인'이라는 말을 쓴다. 그리고 먼저 성별 정체성과 성적 지향을 조심스럽게 물어본다. 손님이 밝히기 어려워할 때는 묻지 않고, 편견 없는 방식으로 점사를 본다.

손님이 여자를 좋아하는지, 남자를 좋아하는지는 손님이 말해줘야 알 수 있다. 무당은 운명을 해석하는 사람이지, 운명을 결정해주는 사람이 아니다. 손님이 어떤 성별을 좋아하는지는 손님의 결정권 안에 있다. 자신을 남성이라고 규정할지, 여성이라고 규정할지, 둘 다라고 규정하거나 둘 다 아니라고 규정할지도 손님의 결정권이다. 상담할 때 이런 질문을 하는 건, 사회에서 당연하다고 여겨지는 이성애 규범과 여성 남성 이분법을 넘어서려는 실천이기도 하다.

나 역시 자신을 남성이기도, 여성이기도 하다고 생각하는 '젠더퀴어'다. 내가 모시는 신령들의 성별도 제각각인 걸 보면, 성별 이분법은 허술한 울타리가 분명하다. (무당인 나는 어린 남자아이가 되기도 하고, 나이 지긋한 할머니, 할아버지가 되기도 한다.) 성적 지향도 그렇다. 나는 상대의 성별에 상관없이 성적 끌림을 느끼는 팬섹슈얼이다. 상대가 남성이든, 여성이든, 트랜스젠더든, 성별로 규정짓지 않든 성별과 상관없이 끌림을 느낄 수 있다. 그래서 사람들에게 종종 나를 '퀴어 무당'이라고 소개한다. 나에게 찾아오는 많은 손님은 다양한 성별 정체성과 성적 지향을 가지고 있다.

손님들의 고민은 무지개색처럼 다양하다. "트랜스젠더로 살아갈 운명도 다 보이나요? 그런 팔자도 있는 건가요?" 한 트랜스젠더 손님이 나에게 물었다. 나는 대답했다. "트랜스젠더의 사주나 운명은 따로 없어요. 오히려 모든 사람을 성별 이분법으로 나누어서 보는 이 사회의 해석 틀이 좁고 평면적인 거죠. 세상에는 여러 가지 성별과 정체성이 존재할 수밖에 없어요. 저는 다양한 해석의 방식을 열어두고 상담을 해드리는 거고요."

그러나 보통 순응하고 수렴하는 기운이 많은 팔자는 '여자 팔자'라고 해석되고, 진취적이고 발산하는 기운이 많은 팔자는 '남자 팔자'라고 해석된다. 마치 세상에 두 가지 성별의 팔자만 있다는 듯 말이다.

한 여성 손님은 나에게 찾아와서 이렇게 말했다. "저는 여자를 좋아하는데 남자들이 저를 좋다고 해요. 그래서 고민이에요." 또 어떤 손님은 나에게 찾아와 이렇게 말했다. "저는 여성으로 보이지만 스스로가 남자라고 느껴요. 제가 이상한 걸까요?" 나는 대답했다. "전혀 이상하지 않아요. 스스로가 남자라고 느낀다면 남자인 거죠."

다양한 성별 정체성, 성적 지향을 가지고 있는 손님들은 자신이 이상한 게 아닌지 확인하러 나를 찾아온다. 나는 괜찮다고, 이상한 게 아니라고 답변한다. 이런 손님들은 굳이 점집에 오지 않아도 될 정도로 자신이 이미 답을 알고 있는 경우가 많다. 그런데도 자신의 존재를 확인받기 위해, 내가 이상한 게 아니라는 걸 확인받기 위해 무당을 찾는다. 자신의 존재를 끊임없이 의심하게 만드는 사회의 분위기에 지쳐서 점집을 찾는 것이다.

한 손님이 나에게 찾아와 고민을 털어놨다. "저는 트랜스젠더예요. 최근에 친구를 여럿 잃었어요. 주변의 트랜스젠더 친구들이 자살을 했거든요. 저는 우울증 약을 먹고 있는데, 언젠가 저도 자살로 생을 마치게 되지 않을까 하는 생각에 불안해요. 이런 것도 제 운명일까요? 트랜스젠더는 불행할 수밖에 없는 운명을 타고나나요?" 나는 점사를 보다가 대답했다. "정말 어렵네요. 다양한 성적 지향과 성별 정체성을 포용할 수 있는 세상이 된다면 그분들도 자살을 택하진 않을 거라고 느껴요. 이건 점사를 볼 게 아니라, 큰 굿으로 풀어야 해요. 우리가 계속 거리에서 무지개색 굿판을 열어야 하는 이유죠. 세상이 나아져야 내 운명도 나아지니까요."

5년 전, 대구에서 열린 퀴어 문화 축제에 간 적이 있다. 나는 구멍 난 망사스타킹을 신고 파란 형광 반바지에 알록달록한 색깔의 상의를 걸치고 얼굴에는 무지개를 그렸다. 빨주노초파보 무지개색 깃발을 손에 쥐고 사람들과 도로를 행진했다. 신명 나는 음악이 나오고, 사람들은 다 같이 춤을 추면서 앞으로 걸음을 옮겼다. 여기저기서 팻말이 보였다. "동성애는 죄입니다." "회개하세요." 퀴어 문화 축제에 반대하는 검은 정장을 입은 사람들 사이로, 알록달록한 색깔 옷을 입은 우리는 노래를 흥얼거리며 춤추며 놀았다.

신명 나는 굿판이었다. 우리의 굿판은 누구도 소외시키지 않는 축제였다.

자신의 존재를 확인받기 위해 점사를 보는 손님들이 여전히 나를 찾는다. 점사를 보지 않고도 자신을 있는 그대로 존중할 수 있는 사회가 되면 좋겠다. 그런 세상에서 손님들을 다시 만나고 싶다. "제 존재가 이상한 걸까요?"라는 질문이 아닌, "친구와 다퉈서 속상해요" "이직을 고민하고 있어요" 같은 일상적인 질문을 받을 수 있는 사회가 되면 좋겠다. 무지개색 손님들과 생활의 다양한 고민과 즐거움을 나누고 싶다.

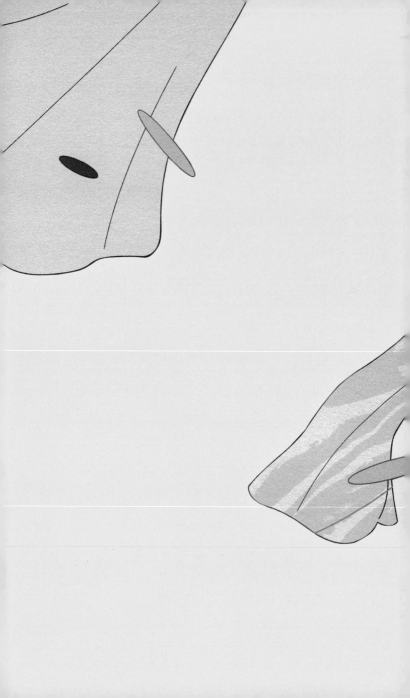

영혼의 어두운 밤을 보내는 당신에게

나에게 찾아오는 손님 중에는 우울증을 겪는 사람들이 많다. 나는 우울감이 지속적인 손님들에게는 정신과에서 의학적 치료를 받는 게 좋다고 말하곤 한다. 하지만 우울증 약을 오랫동안 먹고 있는데도 우울감이 나아지지 않는다고 호소하는 손님이 있었다.

칼리　어떤 때에 가장 우울해요?

손님　아침에 눈떴을 때 가장 우울해요. 사는 게 다 우울해요. 죽고만 싶어요.

칼리　그런데 여기는 어떻게 찾아오셨나요?

손님　제가 우울한 이유를 모르겠어서, 뭔가 다른 이야기를 들을 수 있지 않을까 싶었어요.

나는 손님이 영혼의 어두운 밤을 보내고 있는 거라고 말해줬다. 고개를 갸웃하는 손님에게 손님의 영혼은 죽음을 한번 건너는 중이라고 덧붙였다. 그 영혼은 죽진 않았지만, 밤마다 자면서 많은 곳을 여행하고 있었다. 분명 많은 꿈을 꾸고 있을 것 같았다. 혹시 꿈은 꾸지 않느냐고 묻자 손님은 기다렸다는 듯이 대답했다. "꿈이 생생해요. 어제도

꿈을 꿨어요." 나는 물었다. "어떤 꿈이었나요?"

손님   하늘에서 보라색 한복을 입은 천사처럼 보이는 사
        람이 저에게 다 왔다고 이야기하는 꿈이었어요.
        너무 생생했어요.

칼리   근사한 꿈이네요. 앞으로는 손님이 꾸는 꿈을 모
        두 기록해주세요. 영혼의 어두운 밤을 건너는 동
        안 꿈에서 중요한 메시지를 많이 받으실 거예요.
        단편소설처럼 써보셔도 좋겠어요.

이야기를 건네자 손님은 꿈 일기를 적어야겠다며 하고 싶
은 일이 생긴 것 같아 우울감이 덜해졌다고 말했다. 그리
고 상담이 종료될 때 손님이 물었다.

손님   그런데 언제쯤 이 터널이 끝날까요?

칼리   어두운 영혼의 밤을 건너고 나면 스스로가 알게
        돼요. 다시 아침 해를 맞이할 때, 작은 것들을 느리
        게 보게 되는 순간이 곧 올 거예요. 저도 함께 기도
        해드릴게요.

며칠 후 손님에게 메시지가 왔다.

"상담 후 저에게 매일 찾아오는 꿈을 기록하고 있어요. 제가 꾼 꿈을 쓰다 보니 이게 저와 대화하는 과정이라고 느끼고, 마음도 점점 얼음이 녹는 것처럼 풀리는 게 느껴져요. 정말 감사합니다."

손님은 자신의 꿈과 대화하면서 점점 기력을 회복하고 있었다. 나는 손님에게 특별히 해준 말이 없었다. '우울증'이라는 말 대신, '영혼의 어두운 밤을 보내는 중'이라고 말한 것밖에는. 몇 개월 후 손님은 자신의 꿈을 글로 정리해 단편소설을 완성했다며, 우울증 약도 챙겨 먹으면서 열심히 생활하고 있다고 전했다. 전보다 활기차 보이는 손님을 보면서 나는 손님이 어두운 밤을 무사히 보내고 아침을 맞이했음을 느꼈다. 나는 손님에게 메시지를 보냈다.

"손님, 이제부터 시작이에요. 약도 계속 드시면서 하루하루 작은 것들에 집중해보세요. 빨래도 천천히 개고, 냉장고 청소도 천천히 구석구석 해주세요. 천천히 하는 게 중요해요. 느긋하게 나와 내 주변을 돌보는 데 집중해주세요. 그 안에서 새로운 메시지를 받을 수 있을 거예요."

우울증은 정직하게 세상을 느끼는 감각이다. 나무보다는 숲을 보는 때라 직관이 어느 때보다 열려 있는 시기다. 마음의 문이 열려 있어 그림자도 쉽게 포착할 수 있고, 몸의 문이 열려 있어 여러 기운의 영향을 받아 몸도 쉽게 무거워지지만, 그만큼 영적으로 깊어지고 영감을 많이 받는 시기이기도 하다.

나 역시 우울증을 앓았다. 아침에 눈뜨는 일이 너무 힘들었다. 꿈속으로 이사한 사람처럼 온종일 잠만 잤다. 꿈에서는 내가 원하는 장면들이 펼쳐졌다. 그 꿈이 너무 좋아서, 이대로라면 죽는 것도 달콤하지 않을까 느꼈다. 영원한 잠을 잘 수 있으면 그것도 좋은 일이 아닐까 생각했다. 잠만 자던 어느 날, 생생한 자각몽을 꾸었다. 자각몽이란 꿈을 꾸면서 이것이 꿈인 것을 각성한 상태의 꿈이다. 자각몽 속에서 나는 하늘을 날아다니며 이곳저곳을 여행했다. 꿈이라는 걸 알면서도 신났다. 잠에서 깬 후 어느 쪽이 꿈인지 헷갈렸다. 자각몽을 꾸는 것처럼 지금을 바라보니, 생 전체가 꿈 이야기로 보였다.

그렇게 보기 시작하자 무거웠던 몸이 가벼워졌다. 삶은 지금이라는 순간만 있는 아름다운 꿈이 아닌가! 악몽 같은 일도 다가오지만 결국 이 꿈에서도 이야기를 만들어갈 힘은 나에게 있다. 이 꿈에서 새로운 이야기를 만들어갈 수 있다는 희미한 확신이 나를 다시 일으켜줬다. 자각몽을 꾸는 것처럼, 내가 지금의 의미를 새롭게 정의 내리면 작은 순간들이 눈에 보이고 일상의 장면이 생기를 얻게 된다.

우울증을 앓는 손님들이 찾아오면 점사를 본 후 이야기를 풀어낸다. "영혼의 어두운 밤을 보내고 계시네요." "꿈의 세계를 여행 중이네요." "동녀가 울고 있어요. 손님 자신을 돌봐달래요." "나중에 누군가에게 들려줄 고통을 겪고 계세요."

무당은 새로운 이야기를 찾아주는 언어 술사이기도 하다. 건조한 병명이 아닌 새로운 의미를 발견하는 이야기꾼이자, 손님이 이야기의 주인이 되어 자신의 이야기를 만들어나갈 힘을 주는 치료사. 손님의 상태를 단순히 '우울증에 걸린 시기'라고 정의하지 않고, 새로운 이름으로 정의하면 다른 이야기가 펼쳐지기도 한다. 그 순간, 손님과 나는 새로운 이야기를 함께 만들어나가는 공동 창작자가 된다.

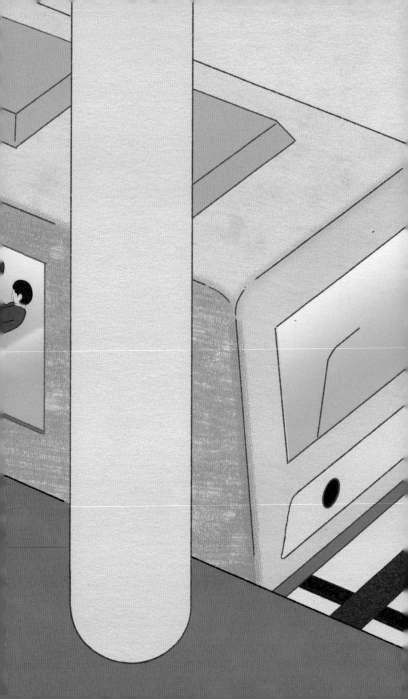

영혼의 나이를 알려드립니다

오랜만에 대면 상담이 잡힌 날이었다. 대면 상담을 앞두고 나는 머리를 감았다. 머리카락을 말리고 보니 사흘은 안 감은 머리처럼 기름이 져 있었다. 무슨 일이지? 나는 다시 샴푸 거품을 내서 머리를 감았다. 다시 머리카락을 말렸다. 이번에도 머리카락은 두피에 딱 붙어서 떨어지질 않았다. 처음보다 더 기름이 진 것이다. 무슨 일일까?

'예쁘게 참기름을 발라준 거다' 신령님의 말이 들렸다. 손님에게 잘 보이라고 머리에 기름칠해준 거라는 말에 나는 피식 웃었다. 이것은 오래된 스타일이라고, 요즘 사람들은 이런 거 예쁘다고 여기지 않을 거라 생각했지만, 머리를 다시 감아도 기름기가 없어지지 않을 것 같아서 머리 손질은 멈추고 손님들을 만날 준비를 했다.

이십 대 초반의 친구 사이인 손님 세 명이 집으로 찾아왔다. 향을 피우고 점사를 보기 시작했다. 세 명을 차례대로 보니, 내 머리가 기름칠된 이유를 알 수 있었다. 모두 영혼의 나이가 아주 많았던 것이다. 세 명의 나이를 모두 합해서 8백 살이 넘어가는 정도였으니, 할머니가 내 머리를 기름칠해준 이유를 짐작할 만했다. 나는 손님들에게 말했다.

"모두 연세가 많으시네요. 그래서 제 머리에 기름칠이 안 지워졌나 봐요." 손님들과 나는 동년배 할머니처럼 하하 호호 웃으며 편안하게 대화를 나눴다.

손님들이 돌아간 후, 다시 머리를 감았다. 이제 점사를 봤으니 기름칠이 없어졌을까? 머리카락을 말리고 보니, 기름은 사라지고 뽀송뽀송해진 머리카락이 만져졌다. 나는 신령님에게 기도했다. '감사합니다, 기름칠해주셔서. 참기름 바른 머리도 좋지만, 참기름 바르지 않은 머리도 저는 좋아요.'

사람마다 영혼의 나이가 다르다. 영혼의 나이를 알게 되면 나만의 삶의 리듬을 찾을 수 있게 된다. 어떤 사람은 세 살의 눈으로 세상을 살고, 어떤 사람은 880세의 눈으로 인생을 바라본다. 영혼의 나이에 따라 좋고 나쁘거나 길하고 흉한 건 없다. 각자 나이의 리듬에 맞춰서 살면 되는 것이니까.

사람들이 믿는 오래된 신앙이 있는데, 바로 생애주기별 과업이다. 십 대 때는 말 잘 듣는 자녀로, 공부 잘하는 학생으로서 성공해서 대학에 가야 하고, 이십 대 때는 경제적 자립을 위해 취업을 해야 하고, 삼십 대 때는 집을 마련하고 결혼하고 자녀를 낳아야 한다고 믿는다. 이런 식으로 생애별 과업에 집중하는 동안 자신의 고유한 리듬을 잃어버리게 되는 모습을 본다.

나의 영혼의 나이를 아는 건 이런 생애주기별 과업이라는 종교를 거스를 힘을 준다. 영혼의 나이는 이번 생에서 나에게 주어진 고유한 리듬을 보여준다. 영혼의 나이는 시간이 지난다고 달라지지 않는다. 나이가 많건 적건, 자기 나이의 리듬대로 살아가면 된다.

나와 함께 사는 식구들의 영혼의 나이도 제각각이다. 영혼의 나이로 열세 살인 우주는 이제 막 서른여덟 살이 된 직장인이자 번역 작업을 하는 사람이다. 겉으로는 점잖고 차분하게 보이는 우주는 열세 살 꼬마 과학자처럼 궁금한 것이 많아 책을 수집하는 걸 좋아하고 언제나 질문을 한다. 호기심이 많은 탓에 튀는 행동을 하다가 다칠 때도 있지만, 열세 살 영혼의 나이에서는 놀이터에서 놀다가 넘어지기도 하는 것처럼 자연스러운 일이다.

영혼의 나이 마흔 살인 이제 막 서른두 살이 된 먼지는 식구 중에서 재무와 가계를 관리한다. 사람들을 지키고 집을 관리하는 걸 좋아하는 먼지는 책임감과 의리가 강하고, 본인이 드러나는 것을 부끄러워해 숨는 것을 좋아한다. 숨어 있지만 인정받는 것을 좋아하는 먼지는 식구들에게 무슨 일이 있을 때 가장 먼저 달려 나온다.

영혼의 나이 89세인 새벽은 이제 막 서른네 살이 되었다. 만성질환이 많고 체력도 금방 고갈되는 새벽은 새벽 일찍 일어나 하루를 시작한다. 그렇게 하루를 보내다가 낮잠을 자고 초저녁에 잠든다. 보는 눈이 밝아서 비전을 잘 보고 주변 사람들에게 비전을 알려주는 역할을 한다. 지혜로운 박물관 할머니처럼 말이다.

이렇게 식구들의 영혼의 나이를 알게 된 후 나는 좀 더 자연스럽게 식구들을 바라보고 편안하게 마주할 수 있게 되었다.

얼마 전 일민미술관에서 개최한 『운명상담소』 전시회를 위해 「내 영혼의 나이」 퍼포먼스를 준비했다. 나는 새로운 신당이라는 뜻의 「2021년형 네오신당」 설치작품에서 미리 신청한 관람객들을 한 사람씩 마주하면서 그들의 영혼의 나이를 알려주는 작업을 했다.

곽은정, 김수환, 박가인, 최장원 작가의 설치작품인 「2021년형 네오신당」에는 여자 마네킹이 옆으로 누워 있는데, 금박으로 칠해진 채 부처님의 옷을 두르고 부처님의 얼굴을 하고 있었다. 여성의 몸으로 편하게 팔을 괴고 누워 있는 부처님을 보면서 이것이 새로운 신당이구나 느꼈다. 신당 위에는 무지개색 손수건이 오방색 깃발처럼 묶여 있었고, 투명한 딜도 다섯 개가 샹들리에처럼 매달려 있었다. 신당 뒤 배경에는 홀로그램 우주에 대한 사진과 청룡 그림, 번개 치는 하늘이 걸려 있었다. 신당 앞에는 오만 원권이 인쇄된 돈방석 두 개가 있고, 그 사이에는 성경 말씀이 새겨진 탁자가 놓여 있었다.

짬뽕 무당인 나는 이 신당이 꽤 마음에 들었다. 신당에 앉자 집에 온 것처럼 편안했다. 나는 신당의 돈방석 위에 앉아서 세 시간 동안 마흔다섯 명의 영혼의 나이를 봐주었다. 한 사람씩 얼굴을 마주하면서 나와 동갑인 열여덟 살 영혼의 나이를 가진 사람도 만나고, 영혼의 나이를 측정하기 어려울 정도로 오래된 영혼을 마주하기도 했다.

사람의 얼굴 속에는 혼이 머물고 있다. 특히 얼굴을 마주하는 행위는 서로의 혼이 교감하는 것을 의미한다. 새로운 사람들의 얼굴을 마주하는 동안 깊은 명상에 빠졌다. 마주하는 것만으로 서로의 기운을 정화하는 느낌이었다.

어떤 사람을 마주했을 때는 눈물이 나왔다. 처음 보는 얼굴인데도 낯설지 않았다. 내 눈을 보고 있던 사람도 가만히 눈물을 흘렸다. 우리는 함께 휴지로 눈물을 닦으며 웃었다. "왜 눈물이 나오는 걸까요?" "그러게요. 눈에 영혼이 있어서 그런가 봐요." 어떤 사람은 영혼의 나이가 다섯 살이라는 걸 듣고는 깔깔 웃었다. "저도 제가 어린 줄은 알았지만 그렇게 어릴 줄 몰랐어요. 그래서 철이 없다는 소리를 들었나 봐요. 그런데 이제 그런 저도 인정하고 사랑해줘야겠어요." 나는 대답했다. "맞아요. 본인의 영혼 나이대로 잘하고 계세요. 어린 영혼이라고 해서 미숙하거나 철이 없는 게 아니라, 자신의 리듬대로 호기심 어린 눈으로 세상을 보고 인생을 놀이터처럼 생각하며 살아가는 거거든요. 그런 삶의 여정을 응원해요."

영혼의 나이를 알게 된 후 사람들은 내가 이상한 게 아니라는 걸 알게 되었다며, 자신을 있는 그대로 긍정할 계기가 된 것 같다고 말했다.

내 영혼의 나이는 18세다. 낭랑 18세라는 말처럼 무슨 일이든 벌이고 새로운 것을 좋아하는데, 실속이 있지는 않다. 이런 나의 특성도 나만의 리듬이라고 생각하니, 나를 채찍질할 필요도 없다는 걸 느낀다. 영혼의 나이를 알게 된 후 나는 더 자유로워졌다. 더 많은 사람들이 자신의 영혼의 나이를 마주하고 자유를 느끼면 좋겠다.

날씨의 무당, 루

×

내가 루를 만난 건 7년 전 인도에서였다. 인도 다람살라의
산마을 다람콧에 있는 벽이 없는 카페에 갔다. 한낮의 카
페에서는 사람들이 모여서 즉흥 연주를 하고 있었다. 그
중 눈에 띄는 사람이 있었는데, 긴 드레드락 머리에 팔과
다리, 목에 기하학적인 패턴을 타투로 새긴 루였다. 루는
북을 치면서 노래를 부르고 있었다. 나도 그곳에 앉아 함
께 노래를 불렀다. 어떤 사람은 숟가락으로 테이블을 치
면서 노래를 불렀다. 나는 노래에 멜로디를 더해 화음을
만들었다.

연주가 마무리된 후 루와 나는 처음으로 인사를 나눴다.
"타투 멋지다." 루가 나에게 말했다. 나도 루에게 말했다.
"너의 타투도 참 멋져. 이 타투는 어떤 의미야?" 우리는 서
로의 몸에 새긴 타투 이야기를 하면서 친해지게 되었다.

이후로 루와 나는 종종 산마을을 함께 산책하는 친구가 되었다. 루는 자신을 날씨의 무당이라고 소개했다. "나는 날씨를 읽는 샤먼이야." 나는 루에게 말했다. "나는 인간과 비인간 동물을 위해 기도하는 샤먼이야." 우리는 샤먼 친구가 생겨서 반갑다고 말했다. "함께 기도하러 가지 않을래?" 루가 말했다. "좋아." 나는 루를 따라서 산골짜기로 들어갔다.

수풀 속으로 루를 따라 걸어간 지 한참, 하늘이 훤히 보이는 커다란 바위에 다다랐다. 열 사람은 올라갈 수 있을 정도로 큰 바위는 산마을 중턱에 풀들과 함께 자리 잡은 명당이었다. 하늘과 가까운 그곳에 앉아 있으면 땅이 안 보여서 아찔한 느낌이 들었다. 손을 뻗으면 구름과 닿을 수 있을 것 같았다.

루가 말했다. "나는 이곳에서 태어나고 자랐어. 나는 네팔 사람이지만, 인도 다람살라는 내가 자란 오래된 고향이야." 루의 부모님은 네팔 사람인데 인도에 정착해 살고 있었다. 루는 어렸을 때부터 인도 다람살라 산마을에서 날씨를 보면서 자랐다.

"나는 날씨를 읽을 수 있어. 오늘은 곧 비가 올 거야. 구름이 저런 모양으로 있는 거 보이지? 그리고 공기의 냄새를 맡아보면 비가 올지 알 수 있어." 루는 곧 비가 올 것 같다고 말했고, 정말 곧 비가 내렸다. 루와 나는 보슬보슬 내리는 비를 맞으며 가만히 하늘을 올려다봤다. "걱정하지 마. 이 비는 지나가는 비야." 루의 말대로 비는 금새 그쳤다. "이제 무지개가 뜰 차례야." 루가 들뜬 표정으로 하늘을 올려다보며 말했다. 루의 말처럼, 하늘에는 무지개가 길고 선명하게 그려졌다.

"무지개 끝에는 정말 마법의 세계가 있다고 생각해?" 내가 물었다. "여기가 이미 마법의 세계인걸!" 루가 팔을 양쪽으로 펼치며 대답했다. 나는 미소 지으며 말했다. "맞아. 너는 정말 멋진 샤먼이야." 루와 함께 있으면 시간이 정지된 느낌이 들었다. 내가 물었다. "저 구름은 무슨 모양 같아?" "울먹거리는 모양. 이제 번개가 치겠다." 루가 그렇게 말하자마자 반대편 산꼭대기로 삼지창 모양의 번개가 쳤다.

한국에 돌아온 뒤에도 하늘을 올려다보며 루를 생각한다. 루는 하늘의 모양을 보고, 아니 공기의 냄새만 맡고도 날씨를 예측하는 샤먼이었다. 마법의 세계는 무지개 끝에 있는 게 아니라, 언제나 지금 이 자리에 있다고 말하던 루. 오늘 루가 바라보는 인도의 하늘은 어떨까.

네팔의 무당, 쿠마리

×

3년 전, 내림굿을 받은 후 네팔의 무당을 만나기 위해 네팔 카트만두를 찾아갔다. 어디로 가야 하는지는 알 수 없었지만 일단 무작정 카트만두로 갔다. 보름달이 뜬 밤, 숙소를 찾으려 헤매다가 겨우 발견한 한 게스트하우스에서 묵게 되었다. 그곳에서 우연히 멕시코에서 온 이븐을 만나게 되었다. 이븐은 자신은 음악으로 수행하는 사람이라며 반갑다고 말했다. 나도 내 소개를 했다. "나는 한국에서 온 샤먼이야. 네팔의 샤먼을 만나보고 싶어서 여기까지 왔어." 이븐은 샤먼이라고 하는 나를 멋지다며 다음 날 축제에 함께 가자고 말했다.

다음 날. 이븐이 신이 난 표정으로 내게 말했다. "오늘 카트만두 광장에서 열리는 게 인드라 축제야. 인드라 축제에 쿠마리(네팔의 무당)가 온대. 그래서 사람들이 아주 많이 모일 거래. 칼리는 오자마자 쿠마리를 만나게 되네! 이따가 저녁에 만나자."

저녁 시간이 되어 이븐과 나는 함께 카트만두 광장에 갔다. 나는 인도에서 산 파란색, 빨간색의 커다란 원피스를 입었다. 춤출 때 입는 복장이었다. 축제가 시작되기 전인데도 광장은 사람들로 붐볐다. 광장 가운데에는 사물놀이패 같은 사람들이 북과 꽹과리 비슷한 악기로 연주를 하며 행진하고 있었다.

나는 이븐에게 여기서 잠시 놀고 가자고 말했다. 신이 난 나는 신발을 벗고 맨발로 악기 장단에 맞추어 춤을 추었다. 덩실덩실 춤추고 방방 뛰면서 주변에 모여 있는 사람들과 악수하고 춤을 추었다. 신나는 굿판이었다. 사람들이 춤추는 나와 악단 주변으로 모여들었다.

그때였다. 사람들이 다 같이 함성을 질렀다. "쿠마리! 쿠마리!" 쿠마리가 나타난 것이다. 2미터는 훌쩍 넘는 높이의 가마를 타고 쿠마리가 나타났다. 광장의 사람들은 어느새 빽빽하게 많아져서 이븐과 나는 서로를 놓치지 않기 위해 애써야 했다. 멀리 있었지만, 가마가 꽤 커서 한눈에 쿠마리를 볼 수 있었다. 휘황찬란하게 꾸며진 금색 가마 위에는 여섯 살 되어 보이는 어린 소녀 쿠마리가 앉아 있었다. 가까이에서 보고 싶었다. "쿠마리! 쿠마리!"를 외치는 사람들 사이에서 쿠마리는 전혀 흥분하거나 반응하지 않고 완전한 무표정으로 허공을 보고 있었다. 어렸을 때부터 자신이 신이라는 걸 깨달아버린 사람의 공허하고 꽉 찬 표정을 보며 나는 할 말을 잃었다.

네팔의 무당 쿠마리는 마을에서 점지한 무당이다. 어린 시절부터 방에서 홀로 지내며 사람들의 도움을 받아 공부를 하고, 마을에서 어려운 일이 생기면 나서서 굿을 연다. 쿠마리는 평생 결혼하지 않고 혼자서 살아야 하는 의무를 진다. 쿠마리의 삶을 직접 체험한 것처럼, 그녀의 표정만 보고도 알 수 없는 동질감과 묘한 기분이 밀려왔다. 꼭 내가 살아본 삶인 것처럼 그녀의 삶이 나에게 다가오는 것 같았다.

쿠마리를 외치는 광장의 열기는 아이돌을 만나는 대중의 함성처럼 뜨거웠다. 나는 이븐과 함께 광장을 나가려고 했다. 그때였다. 빽빽하게 줄 서서 이동하는 사람들 사이에서 누군가 나를 만지고 지나갔다. 나는 나를 만진 것 같은 사람의 멱살을 잡고 외쳤다. "폴리스! 폴리스!" 하지만 내 말은 누구에게도 들리지 않았다. 인파에 떠밀려 나는 이븐과 함께 광장에서 떨어져 나왔다. 갑작스러운 성추행에 분노가 치밀어 올랐다.

쿠마리를 둘러싼 모든 장면이 포르노처럼 보였다. 저 어린 여자아이를 데리고 지금 뭐 하는 거지? 쿠마리의 삶은 어떨까? 쿠마리는 정말 행복할까? 별별 생각이 다 들었다. 앞으로 사라져가는 쿠마리의 뒷모습은 사람들이 인파에 깔려서 넘어지든 그렇지 않든 미동도 없었다.

쿠마리의 초연한 뒷모습을 보면서 나는 터벅터벅 걸었다. 쿠마리도 여행을 다니고 싶지 않을까, 쿠마리의 삶에 자유가 있을까 생각했다. 하지만 나는 이곳에서 이방인이고, 이들의 문화를 함부로 판단할 수 없다. 여전히 나는 그녀의 삶이 안녕한지 안부를 묻고 싶다. 그러나 담담하게 허공을 바라보던 그녀의 눈빛을 생각하면, 그녀는 내가 상상하는 것보다 강할 거라고 느낀다.

페루의 무당, 미카엘

×

일 년 전, 페루에 갔을 때였다. 페루의 샤먼을 만나기 위해 나는 아마존 이키토스로 향했다. 다른 지역에도 샤먼이 있지만, 흑마법(누군가를 저주하는 주술을 쓰거나, 개인의 권력을 위해 주술을 이용하는 것)을 쓰는 샤먼들도 있으니 좋은 샤먼이 많은 이키토스로 가라는 조언을 들었기 때문이다.

마침 이키토스에서 묵게 된 숙소 직원의 할아버지가 샤먼이라는 말을 듣게 되었다. 이키토스에는 옆집에도 샤먼이 살고 그 옆집에 사는 사람의 할머니나 할아버지도 샤먼이라는 말을 들었다. 그만큼 샤먼이 많은 곳이었다. 나는 숙소 직원과 인연이 된 김에 그의 할아버지를 만나기로 했다. 샤먼과의 첫 대면 날. 나는 푸른색 숄을 두르고 샤먼 할아버지를 기다리고 있었다. 샤먼이 어떤 모습으로 나타날

지 기대되었다. 페루의 샤먼은 어떤 모습일까?

그때였다. 숙소 앞에 핫핑크색 티셔츠를 입은 할아버지가 자신이 끌고 온 검은색 오토바이에서 내렸다. 핫핑크색 민소매 티셔츠를 입고 나타난 샤먼을 보고 나는 입이 떡 벌어졌다. 동글동글한 인상의 샤먼이 활짝 웃는 얼굴로 나에게 인사했다. "올라(안녕)! 반가워요!" "나는 칼리야." 나도 인사하며 내 이름을 말했다. 샤먼의 다음 말이 재미있었다. "나는 미카엘이야." 샤먼의 이름이 미카엘(기독교에서 대천사의 이름)이라니, 그것도 반전이었다.

샤먼은 정말 편안한 모습이었다. 소탈하게 웃으며 팔꿈치를 긁적이던 미카엘이 자신의 이야기를 시작했다. "나는 열여섯 살 때 큰 병을 앓았어. 그때 아무도 없는 정글에서 혼자 6개월 동안 지내면서 거미랑 대화하고, 원숭이랑 친구로 지내기도 했어. 그때 여러 가지 약초를 먹으면서 스스로 병을 고쳤어. 그 후 정글 밖으로 나와서 사람들의 치유를 돕는 샤먼이 되었어. 그때부터 50년 동안 쭉 이렇게 일하고 있지."

미카엘에게 생년월일을 물어서 사주팔자를 펼쳐봤다. 나무 기운이 많은 사람 특유의 생생한 에너지가 느껴졌다. 54년 갑오년생으로 나와 같은 말띠였다. 나는 우리가 띠동갑이라며, 반갑다고 말했다. 우리는 며칠 후 함께 세리머니(의식)를 하기로 했다. 샤먼이 준비한 약초를 먹으며 도란도란 이야기도 나누고 춤을 추는 의식을 하기로 한 것이다. 페루의 샤먼 의식은 어떨지 궁금했다.

미카엘은 의식을 하기 전 하지 말아야 할 목록을 나에게 적어주었다. 담배를 피우지 않을 것, 술을 마시지 않을 것, 성적 행위를 하지 않을 것, 고기를 먹지 않을 것. 이렇게 네 가지를 꼭 지킨 후에 의식을 해야 한다고 말했다. 특히 다른 생명을 해치는 행위를 해서는 안 된다며, 돼지고기를 먹지 말아야 한다고 강조했다. 돼지는 사람과 영혼의 구조가 비슷해서 그 영혼의 한을 먹는 일이 될 수 있다고 했다. 나는 비건을 지향하기 때문에 이런 안내가 반가웠다.

약속한 의식의 날이 다가왔다. 나는 미카엘 할아버지 부부가 사는 작은 시골 마을의 신당에 도착했다. 페루 샤먼의 신당은 어떤 모습일까 궁금했다. 신당에 들어가서 먼저 눈에 띄었던 건 십자가와 예수님의 조각상이었다. 반전의 연속이었다. 나는 물었다. "샤먼인데 예수님을 믿어?" 미카엘은 당연하다는 듯 대답했다. "나는 매일 만물에 기도해. 물론 십자가에도 함께." 십자가는 미카엘에게 합일의 상징이었다. 만물의 신성은 그곳에서 나온 거라고 설명하는 미카엘의 말을 들으며 나는 고개를 끄덕였다. "맞아. 나도 한국에서 샤먼 세리머니(무당의 내림굿 의식)를 할 때 십자가를 봤어. 십자가는 오래된 사랑의 상징 같아."

나는 미카엘에게 물었다. "그럼 페루의 샤먼은 어떤 신을 모셔?" 미카엘이 대답했다. "그건 샤먼마다 달라. 나는 모든 종교의 신들을 사랑해. 그들은 모두 사랑을 말하고 있어." 나는 격하게 고개를 끄덕였다. 내가 페루까지 와서 확인하고 싶었던 것이었기 때문이다. 인종도 나이도 문화도 다르지만 각 나라의 무당이 공유하는 것이 있을 거라는 것, 그것은 결국 사랑이라는 것 말이다.

미카엘의 신당 한구석에는 여러 가지 약초가 병에 담겨 있었다. 야생 나무줄기의 엑기스를 모은 병과 간에 좋은 약초를 모아둔 병, 말린 마파초 담배를 넣어둔 병 등이 눈에 띄었다. 의식을 앞두고 우리는 둘러앉아 이야기를 나누었다. 3평 안 되는 작은 방에서 불을 끄고 의식이 시작되었다. 미카엘이 노래를 부르기 시작했다. 띠리디디 디리디, 디리디디 디리디…… 할머니가 어렸을 때 불러준 적 있던 것 같은, 익숙하고 단순한 멜로디였다. 미카엘은 낙엽 더미를 모아 만든 부채 같은 것을 흔들면서 박자를 맞춰 연주했다. 낙엽 소리가 죽은 사람들의 발소리처럼 들렸다. 나는 미카엘이 준 약초를 받아 마셨다.

쓰디쓴 약초를 마시고 한참 후, 검은 뱀이 눈앞에 보였다. 죽음과도 같은 시간이었다. 나는 구토를 하다가 엉엉 울다가 다시 내 눈앞에 나타난 형상들을 마주했다. 십자가가 보였다. 나의 엄마와 언니, 가족들이 차례대로 보였다. 코끼리와 파차마마의 형상도 보였다. 파차마마는 한국의 마고 할머니처럼, 페루 샤먼들이 모시는 오래된 창조신이다. 거대한 생명의 나무도 보였다. '너는 나무야. 생명의 나무.' 누군가 내게 속삭였다. 그리고 이어서 질문했다. '그런데 너 정말 죽음이 두렵지 않니?' 나는 캄캄한 죽음 앞에서 아찔해졌다. 내 몸이 앞으로 기울어지고 있었다.

의식을 잃기 일보 직전, 미카엘이 옆에서 노래를 더욱 크게 불러주었다. 샤먼의 노래는 나를 다시 이곳으로 돌아오게 해주었다. 미카엘은 오랜 친구처럼 죽음 곁에서 나를 다정하게 지켜주었다. 이승과 저승의 경계에서 줄타기하는 사람처럼 우리는 흔들리면서 노래를 부르며 춤을 추었다. 파차마마 노래를 함께 부르며 우리의 의식은 마무리되었다.

의식이 끝난 후, 나는 미카엘에게 물었다. "샤먼이 뭐라고 생각해?" 미카엘이 대답했다. "샤먼은 모든 걸 살리는 사람이지. 약초를 가지고 사람들을 치유해주고, 마음의 병도 고칠 수 있는 사람." 나는 한국에도 그런 샤먼의 문화가 있다고 말했다.

한국으로 돌아온 후에도 내가 만난 외국의 샤먼들을 생각한다. 그들은 모두 자기만의 방식으로, 자신만의 고유한 옷을 입고 날씨를 읽거나, 거리를 행진하고, 약초로 사람들을 치유하는 일을 하고 있었다. 각자의 세계에서 만들어가는 고유한 치유의 세계. 그 세계가 그리울 때 나는 내 주변에 있는 샤먼의 흔적을 돌아보게 된다. 날씨를 읽는 루처럼 하늘을 바라보고, 쿠마리처럼 텅 빈 허공을 바라본다. 그리고 미카엘의 핫핑크색 티셔츠를 생각하면서, 오늘도 한복 대신 청바지를 입는다.

무당이 자신을 돌보는 방법

새벽 4시. 매일 같은 시간 눈을 뜬다. 아직 봄이 오기 전이라 방 안이 깜깜하다. 핸드폰을 들고 꿈 일기를 쓴다. 기억이 사라지기 전에 꿈에서 만난 사람, 사물, 이야기와 느낌을 적는다. 꿈을 기록한 후 핸드폰을 옆에 놓고 기지개를 켠다.

밤새 세탁된 마음은 텅 비어 있어서 고요하다. 내가 하루 중 가장 좋아하는 시간이다. 몸을 일으켜 내가 누워 있던 자리를 정리한다. 돌돌이로 밤새 이불에 앉은 먼지를 닦고 그 위에 페브리즈를 뿌린다. 거실로 나와 동쪽으로 놓여 있는 멍멍이들의 물그릇을 맑은 물로 갈아준다. 정화수가 담긴 옥수 그릇을 갈아주는 의식이다. 향을 피운 후 책상에 앉는다. 향냄새가 집안을 가득 채우는 동안 떠오르는 모든 상념을 글로 뱉는다. 정화하는 작업이다. 이 의식을 해주고 나면 고요한 마음을 유지할 수 있다.

아침 7시. 음악으로 공간을 채운다. 내 사운드 클라우드 계정(soundcloud.com/kaliart)으로 들어가 '매일 만트라' 재생목록을 켠다. 무교(무속신앙), 힌두교, 불교, 외계인 만트라가 차례대로 재생된다. 이제 반려견 커리와 산책을 나갈 시간이다. 하지만 날씨가 아직 추워서 몸을 녹일 겸 미리 청소기를 돌리기로 한다. 흐르는 음악의 리듬에 맞추어 낮은 자세로 바닥에 앉은 먼지와 머리카락들을 청소한다. 거실과 내 방을 청소하다 보면 몸에 열이 올라온다.

몸이 데워졌으니 산책하러 나갈 준비가 됐다. 커리와 함께 갈대밭과 개천이 있는 산책길을 걷는다. 개천에는 백로와 오리가 앉아 있고, 나뭇가지에는 비둘기, 까치, 까마귀, 참새들이 지나다닌다. 오늘은 종종 마주치는 동네 할머니와 할머니의 반려견 별이를 발견했다. 할머니와 별이가 햇볕 잘 드는 벤치에 앉아 있었다. 비둘기에게 빵 조각을 던져 주던 할머니도 반갑게 나를 맞이해주셨다. 나는 커리와 함께 할머니와 별이 옆에 앉아 빵 조각을 주워 먹는 새들을 구경했다.

다시 만나자며 별이와 할머니에게 작별 인사를 한 뒤 집으로 돌아왔다. 이제 본격적으로 일할 시간이다. 책상 오른쪽 위에는 오색 방울, 인도에서 온 싱잉볼, 코스타리카에서 온 자기 화산암 열 알, 사막에서 온 돌멩이가 있다. 내 작은 신당에 놓인 신물들이다. 오전에는 점사를 보거나 글을 쓴다. 오늘은 상담이 잡혀 있다. 매일매일 날씨에 따라 찾아오는 손님들의 기운도 다르다.

손님과의 상담이 끝난 후에는 싱잉볼이 길게 울리도록 연주한다. 손님의 소원과 나의 기도가 이루어지길 바라는 의식이다. 50분 일을 하면 다음 10분은 쉬는 시간이다. 쉬는 시간에는 주로 소통 노동을 한다. 유튜브 댓글에 답글을 달면서 기도문을 쓰거나, 인스타그램 댓글에 답글을 달거나, 카카오톡으로 찾아온 손님들의 상담 문의에 답변한다.

소통 노동이 끝나면 하얀 구름 같은 이불 위에 누워서 잠시 눈을 감는다.

점심시간은 12시부터 1시까지. 이때는 완전히 자유다. 먹고 싶은 음식을 만들어 먹거나, 배달해 먹는다. 바다도 보고 싶고, 땅 향기도 맡고 싶은 오늘의 메뉴는 파래무침과 버섯볶음이다. 친구에게 선물 받은 표고버섯을 굴 소스와 소금, 빻은 마늘과 함께 볶아서 버섯 반찬을 만들었다. 땅 냄새 나는 버섯 반찬과 현미밥, 바다 냄새 나는 파래무침을 먹었다. 프리랜서라 나처럼 출퇴근이 자유로운 식구들과 식사를 함께한다. 식사 후에는 잠시 낮잠을 잔다. 낮에 꾸는 꿈은 밤에 꾸는 꿈보다 적나라해서 쉽게 내 무의식의 이야기를 읽을 수 있다.

오후에는 유튜브 채널 주간 운세 영상을 편집하거나, 『신령님이 보고 계셔』 원고를 쓰거나, 부적을 그린다. 영상 노동, 그림 노동, 글 노동. 저녁 7시, 식구들과 저녁 식사를 하고 따뜻한 물로 샤워를 한다. 샤워하는 동안 하루 종일 긴장했던 근육들이 이완된다. 이제 조울증 약을 먹을 차례.

잠옷으로 갈아입기 전 한 알을 삼킨다. 부드러운 잠옷을 입고 다시 글을 쓴다. 하루를 마무리하는 기도문을 쓰거나, 주변 사람들에게 감사를 전하는 편지를 쓴다. 무당 친구에게 선물 받은 노란색 양초를 나의 작은 신당에 세우고 불을 켰다. 오늘은 소원을 비는 마음으로 이 글을 쓰면서 하루를 마무리해야겠다.

내가 사는 동네의 이름은 달걀부리다. 달걀 모양으로 생기기도 했고, 옛날에 양계장이 있던 마을이라 달걀부리라는 이름이 지어졌다고 한다. 앞으로는 개천이 흐르고 뒤로는 조그마한 산과 오릉이 있는 아기자기한 마을이다. 공기 좋은 이곳에서 무사히 나이 들어 길고양이에게 밥그릇을 채워주는 할머니가 되고 싶다. 떡보다 빵을 좋아하는 나는 언젠가 제빵 기술을 배워서 빵 굽는 냄새가 나는 신당을 만들고 싶다. 신당에 찾아오는 사람들이 오기만 해도 마음 편해지는 공간, 그런 공간을 지키는 넉넉한 동네 용한 무당 할머니가 되고 싶다. 글을 쓰는 동안 촛불의 심지가 꽃폈다. 내 소원이 이루어질 건가 보다.

SSA 비밀요원 프로젝트의 요원분들이 보내준 편지를 읽으며 오랜만에 엉엉 울었다. 계속 지금처럼 살아갈 용기를 얻었다. 새벽 언니의 권유가 아니었다면 이 책을 시작하지 못했을 거다. 그렇게 쓴 책은 열정 가득한 은정 편집자님과 스토리독자팀의 감각으로 완성될 수 있었다. 이야기를 쓰는 동안 곁을 지켜준 달걀부리 식구 우주와 먼지와 천수에게도 사랑과 감사를 전한다.

비밀요원 명단

감자 ♥ 강현정 ♥ 곽다희 ♥ 구지윤 ♥ 권설아
권윤회 ♥ 김미진 ♥ 김민애 ♥ 김보현 ♥ 김수빈
김예호 ♥ 김윤슬 ♥ 김윤정 ♥ 김인숙 ♥ 김재인
김정다운 ♥ 김지수 ♥ 김지희 ♥ 김태형 ♥ 김현경
김혜정 ♥ 나경 ♥ 다정 ♥ 도비 ♥ 뚜바 ♥
류은진 ♥ 먼지민 ♥ 민 ♥ 박명미 ♥ 박연지
박옥경 ♥ 박향림 ♥ 박희빈 ♥ 배시현 ♥ 서정
서현 ♥ 소짱 ♥ 송승희 ♥ 송호두 ♥ 신경혜
아민 ♥ 안정진 ♥ 언두북스 ♥ 오늑 ♥ 오은비
와작와작 ♥ 유지현 ♥ 윤량의 ♥ 은숙 ♥ 은정
이나은 ♥ 이다희 ♥ 이동현 ♥ 이새롬 ♥ 이수민
이수정 ♥ 이승윤 ♥ 이쌤 ♥ 이아름 ♥ 이연진
이영오 ♥ 이윤재 ♥ 이지연 ♥ 이지윤 ♥ 이지현
이태현 ♥ 이해림 ♥ 쟈니 ♥ 전다원 ♥ 정나래
정세영 ♥ 정선희 ♥ 정을경 ♥ 조영아 ♥ 주송이
진리 ♥ 최상희 ♥ 최서영 ♥ 최은경 ♥ 최종덕
최츄 ♥ 태선영 ♥ 토란 ♥ 파랑 ♥ 펀 ♥ 펀_그린
한인애 ♥ 황예원 ♥ 황지민 ♥ E.Zian ♥ JIN
seobiryong ♥ Why

비밀기지 목록

· **나락서점**
부산광역시 남구 전포대로110번길 8 지하 1층

· **너의 작업실**
경기도 고양시 일산동구 일산로380번길 43-11

· **다시서점**
서울특별시 강서구 방화대로33길 13 1층

· **버찌책방**
대전광역시 유성구 지족로349번길 48-7

· **북스피리언스**
서울특별시 마포구 연남로11길 34 지하 1층

· **새활용기지 큐클리프**
서울특별시 성동구 자동차시장길49 새활용플라자 405호

· **이랑**
경기도 고양시 일산서구 일현로122 상가 1층 122호

· **이후북스**
서울특별시 마포구 망원로4길 24 2층

· **책방꼴**
서울특별시 마포구 월드컵북로5나길 18 112호

· **책방마실**
강원도 춘천시 전원길 27-1

· **책방이층**
대구광역시 중구 달구벌대로393길 48

· **책방토닥토닥**
전라북도 전주시 완산구 풍남문2길 53 2층 청년몰

* 이 책은 독립서점을 기반으로 한 위즈덤하우스 사전 독서 모임 'SSA 비밀요원 프로젝트'를 통해 제작되었습니다.

신령님이 보고 계셔

초판 1쇄 발행 2021년 8월 28일 **초판 3쇄 발행** 2021년 11월 1일

지은이 홍칼리
펴낸이 이승현

편집2 본부장 박태근
스토리 독자 팀장 김소연
책임편집 이은정
공동편집 곽선희 김해지 최지인
디자인 함지현

펴낸곳 ㈜위즈덤하우스 **출판등록** 2000년 5월 23일 제13-1071호
주소 서울특별시 마포구 양화로 19 합정오피스빌딩 17층
전화 02) 2179-5600 **홈페이지** www.wisdomhouse.co.kr

ⓒ 홍칼리, 2021

ISBN 979-11-91766-84-4 03810

• 이 책의 전부 또는 일부 내용을 재사용하려면 반드시 사전에 저작권자와
㈜위즈덤하우스의 동의를 받아야 합니다.
• 인쇄·제작 및 유통상의 파본 도서는 구입하신 서점에서 바꿔드립니다.
• 책값은 뒤표지에 있습니다.